Papierküsse

Eine Coming of Age Omegaverse Romanze
N. J. Lysk

I0639804

Copyright 2020
[Erste Ausgabe]
[Erotische Literatur]
ISBN: 978-1-916630-40-6
Palmheartsbooks@gmail.com
Übersetzung von Xenia Melzer
Bearbeitet von Claudia Lezár

Synopse

Ein Alphawerwolf. Ein Mensch. Eine ganze Woche voller St. Valentinsfeiern.

Abels Leben ist nicht nach Plan verlaufen. Als er gerade die Schule beendet hatte, fand er einen Omega, den er liebte und sie hatten zusammen ein Kind. Jetzt ist dieser Omega gerade der Gefährte eines anderen geworden.

Er ist entschlossen, mehr Zeit mit ihrer gemeinsamen Tochter zu genießen und sich für seinen Ex zu freuen, aber er hat immer noch zu viel Zeit zu erübrigen, darum konfrontiert er den Lehrer, der dafür verantwortlich ist, dass Eves Schule eine ganze Woche voller St. Valentinsfeiern organisiert.

Wenn es etwas gab, von dem Deryn wusste, dass er es wollte, dann war das, ein Lehrer zu sein, aber die Arbeit ist zeitintensiv und verlangt schnelles Denken. Außerdem gibt es in seinem kleinen walisischen Heimatort für einen schwulen Mann, der keine schnell vergessenen, anonymen Begegnungen möchte, nicht viele Möglichkeiten zur Sozialisation.

Dem Mann seiner Träume in seinem Klassenzimmer zu begegnen, scheint zu gut zu sein, als dass es wahr sein könnte, darum stellt sich natürlich heraus, dass Abel der Vater einer seiner Schülerinnen ist.

Eine süße M/M Age Gap Romanze. Enthält die Kurzgeschichte "Das Licht der Wahrheit".

Kapitel 1

Abel

Die Sache war die, dass er nicht wirklich aus Stein gemacht war.

Es war schwer, Tristan im verehrenden Licht der Aufmerksamkeit seines neuen Alphas so aufblühen zu sehen. Aber das war kein *Alpha*-Ding. Es war vollkommen normal, sich traurig zu fühlen, wenn deine erste und einzige Liebe jemand anderen fand, oder nicht? Er war weder auf Tristan noch auf Lyall wütend, sondern einfach nur eifersüchtig.

Zumindest war er sich ziemlich sicher, dass sie zu sehr aufeinander fixiert waren, um es zu bemerken.

Und er war mit Eve beschäftigt, weil seine Tochter gebeten hatte, mehr Nächte bei ihm zu verbringen, jetzt wo ihr anderer Vater noch etwas neben seiner Arbeit hatte, das ihn beschäftigte.

„Sie sind einfach nur so...", erzählte sie ihm an diesem Abend beim Essen, mit einem angewiderten Schmollmund, der nichts mit Abels langsam gekochtem Gulasch zu tun hatte.

„Schmalzig?", schlug er voller Mitgefühl vor, nahm einen Bissen von seinem Brot.

Eve seufzte, tauchte ihren Löffel in ihre Schüssel, hob das Essen aber nicht an ihren Mund. „Ja und zwar die *ganze* Zeit. Sogar wenn sie arbeiten!"

„Ich bin mir sicher, dass dein Dad nicht unprofessionell ist", entgegnete Abel.

„Nein, es ist nicht -" Sie schnaubte, nahm einen Schluck von ihrem Ribena, eine Vorliebe, die kein Werwolf rechtfertigen konnte. „Ich kann es einfach *fühlen* und Lyall *schaut* Dad die ganze Zeit *an*."

„Anschauen klingt grauenvoll", zog er sie auf, grinste, als seine Tochter die Augen in einer Vorahnung ihres bevorstehenden Teenagerdaseins verdrehte. Sie würde... Verdammt, sie *war* bereits anstrengend. Und er hätte nicht glücklicher darüber sein können, sie mehr um sich zu haben.

„Du weißt nicht, wie schlimm es wird", erklärte sie.

„Na dann, Welpe, wirst du dich hier wohl gut benehmen müssen, damit ich dich nicht zurückschicke", meinte er, schaufelte dabei etwas Brokkoli auf ihren Teller.

„Ugh, Daddy, nenn mich nicht so!", stöhnte sie, musterte das Gemüse voller Verzweiflung, hütete sich aber, deswegen zu widersprechen. „Was, wenn ein Mensch dich hört?"

Er wies sie nicht darauf hin, dass sich in ihrer Küche keine Menschen befanden, zuckte stattdessen mit den Schultern. „Sie würden denken, dass ich exzentrisch bin."

„Sie würden denken, dass du ein komischer Kauz bist", korrigierte sie, stach mit Hingabe in die winzigen Bäume.

Die St. Valentins *Woche* war der Tropfen, der das Fass zum Überlaufen brachte.

„Eine Woche?", wiederholte er, als Eve es ihm erzählte.

Sie zuckte mit den Schultern. „Das Thema ist Liebe überall auf der *Welt*, das braucht einige Vorbereitungszeit."

„Und das soll dir helfen, Spanisch und Französisch zu lernen?"

„Nein", erklärte sie ihm streng. „Es soll mir verschiedene Kulturen näherbringen."

„Warum dann St. Valentinstag? Ich bin mir ziemlich sicher, dass sie das in... Thailand oder sonst wo nicht haben."

„Mann, *Dad*", schnaubte Eve, riss ihre Bücher aus ihrer Schultasche. „Es ist nur ein Name!"

Er musste wirklich eine Linie überschritten haben, wenn Eve ihn „Dad" nannte. Er war immer „Daddy" gewesen, hatte sich diesen Titel verdient, weil er da gewesen war, als sie angefangen hatte zu sprechen, während Tristan den Großteil der Woche an der Universität verbrachte.

„Schon gut, schon gut", sagte er, die Hände mit den Handflächen nach oben erhoben.

Sie musterte ihn weiter misstrauisch, fuhr dann damit fort, ihre Utensilien auf dem Wohnzimmertisch zu verteilen.

Es gab mindestens ein Dutzend Briefumschläge mit Glitter – Abels Heim würde für eine Weile glitzern und wahrscheinlich auch sein Fell, wenn er irgendetwas über Glitter wusste. Dem Mond sei Dank, dass sie sich nicht mehr mit Jägern herumschlagen mussten oder sie wären am Ende getötet worden, weil sie im Dunkeln funkelten.

Normalerweise kam Eve mit dem Bus nach Hause, aber er musste ins Stadtzentrum fahren, um einem Kunden ein Bücherregal zu liefern, darum dachte er sich, dass er ihr die Fahrt ersparen konnte.

Darum war das natürlich der eine Tag, an dem sie nach der Schule einen Club hatte.

Er erklärte dem Rezeptionisten, dass er einfach warten würde, und setzte sich vorsichtig auf einen der Plastikstühle, traute ihm nicht ganz, sein Gewicht tragen zu können. Er dachte sich nichts dabei, als er ihn fragte, wer für die schreiend rosa Dekorationen verantwortlich war, die die Wände und Decke bedeckten.

„Oh, das ist Mr. Deryn", erklärte der junge Mann ihm fröhlich. „Er sucht noch nach Freiwilligen, wenn du Zeit hast..."

Er war ziemlich ungezwungen für einen Rezeptionisten, aber andererseits nahmen die meisten Leute an, dass Abel in den frühen Zwanzigern war – Werwölfe überall auf der Welt mussten es sich gefallen lassen, bis weit in die Vierziger nach ihren Ausweisen gefragt zu werden. Sie konnten sich kaum über ihre gute Gesundheit beschweren, darum mussten sie sich mit den schockierten Blicken und dem Misstrauen abfinden. Vor langer Zeit hatte das Misstrauen eines Menschen den Tod nach sich ziehen können, jetzt bedeutete es, dass man seinen Führerschein dabeihaben musste.

Er schaute auf die Uhr, entschied sich dann, es einfach zu machen. Eve würde sich vielleicht darüber beschweren, dass er sie vor ihrem Lehrer lächerlich machte, aber hier handelte es sich um einen Lehrer, der dachte, eine Woche mit einer kommerziellen Tradition zu verbringen, wäre die Zeit wert. Und sagten sie außerdem nicht immer, dass es keine dummen Fragen gab?

Die Tür, die ihm angezeigt wurde, stand offen, aber sogar, wenn sie das nicht gewesen wäre, konnte man die überwältigend rosa und roten Dekorationen, die überall verteilt waren, nicht übersehen. „Hallo?"

Er konnte einen Herzschlag hören, brauchte aber einen Moment, um die Quelle zu lokalisieren.

Der Mann, der den Blick hob, hatte dichte, dunkle Wimpern, die honigfarbene Augen umrahmten. Wolfsaugen so ähnlich, wie ein Mensch es nur schaffen konnte und perfekt zum Rest des hübschen Gesichts passend.

Mit Ausnahme der dunklen Ringe unter den Augen des Mannes.

Abel räusperte sich, fühlte sich mit einem Mal unwohl, aber der Zustand des Zimmers ermutigte ihn. Es gab zwei riesige, miteinander verbundene Herzen, die an der hinteren Wand lehnten.

Deryn

„M r. Deryn?" Die tiefe Stimme riss ihn aus seiner Trance ständigen Ausschneidens und Klebens. Der Mann, der sich an den Türrahmen lehnte, kam der Kunst viel näher als alles, was Deryn sich für die internationalen Feiern hatte einfallen lassen. Groß und solide, mit langen Wimpern und einer schmalen Nase, die zusammen mit seinen hohen Wangenknochen edel aussah.

Er schaffte es nicht zu antworten, bevor der Mann nickte und sich zu seiner vollen Größe aufrichtete. Deryn schluckte schwer unter dem Gewicht dieser blauen Augen. „Die Sache ist die... ich hasse es, mich zu beschweren, aber mein Kind hat die letzten drei Tage damit zugebracht, *Papierherzen* auszuschneiden."

Deryn blinzelte ihn an und schaffte es, seine Stimme ruhig klingen zu lassen. Natürlich musste es ein Elternteil sein. „Und?"

Der Mann trat ein. „Wie kann sie daraus irgendetwas lernen?" Und verdammt, die gerunzelte Braue ruinierte den ganzen aristokratischen Look, lenkte jedoch nicht davon ab, wie wunderschön seine Gesichtszüge waren.

„Es tut mir leid, Mister...?" Deryn legte die Schere weg, ließ sich auf dieses Gespräch ein.

„Mathonwy."

Es dauerte einen Moment, ehe der seltsame Name durchdrang und dann erinnerte er sich daran, zu wem er noch gehörte. „Sie sind Eves... Vater." Er wandte den Blick ab, brauchte eine Sekunde, um sich zu sammeln. Es geschah nicht jeden Tag, dass er herausfand, dass einer seiner Schüler homosexuelle Eltern hatte, aber er hatte Eves Dad kennengelernt. Ihren anderen Dad, wie es schien.

„Ja." Der andere Mann bemerkte sein Zögern eindeutig und Deryn biss sich auf die Zunge, um den Drang, sich zu entschuldigen, zu unterdrücken oder schlimmer noch, zu erklären, dass die Überraschung keine Verurteilung war.

Er hatte eine Wahl getroffen, als er Manchester nach der Uni verließ und nach Hause zurückkehrte und ein Teil dieser Wahl bedeutete, dass er keine Gemeinschaft hatte, die ihn unterstützte. Er kam damit klar. Er hatte ohnehin praktisch nie Zeit überhaupt auszugehen. Und die meisten Leute, die auf die Uni gingen, kamen nicht nach Criccieth zurück.

„Hat Eve erwähnt, dass wir darüber abgestimmt haben, was das Thema der internationalen Woche sein sollte?", fragte er, hielt seinen Blick auf die nähere Umgebung der Wangenknochen des Mannes gerichtet.

„Was? Nein." Mr. Mathonwy kam einen Schritt näher und setzte sich an einen der Tische, die nicht mit Papierherzen bedeckt waren. Er hatte Glück, dass Deryn sie gerade über der Tür aufgehängt hatte, wie eine seltsame rosa Version von Mistelzweigen – eine weitere dumme Tradition, aber den Kindern würde es gefallen und er hatte die Worte für „Kuss" in jeder romantischen Sprache zwischen die Herzen gehängt.

„Das haben wir", erklärte er Eves Vater, versuchte es mit einem neutralen Ton. „In unserer Klasse sind mehr Mädchen als Jungen, sie haben für den St. Valentinstag gestimmt, weil es Februar ist. Ich habe ihnen gesagt, dass es den in den meisten Ländern nicht gibt, also... wurde es die Liebe."

Mathonwys Lippen wurden schmal. „Ist das nicht ein wenig sexistisch?"

Deryn starrte ihn an, konnte kaum ein Lachen unterdrücken.

„Ja", stimmte er nach einem Moment zu. „Aber wenn man bedenkt, dass wir in einer Kultur leben, die Mädchen indoktriniert, Romantik als ihr höchstes Ziel zu sehen, ist es auch nicht überraschend, dass die meisten das dann auch tun."

Die blauen Augen wurden schmal, aber dann wurde das Gesicht des anderen Mannes offener. „Fair", verkündete er. „Aber sollten Sie nicht, ich weiß nicht, versuchen, sie daraus zu lösen?"

„Ich bin mir ziemlich sicher, dass dies über meiner Soldstufe liegt", sagte Deryn, war hauptsächlich amüsiert. Er versuchte es, natürlich versuchte er es, so sehr er das konnte, ohne dass es zu einem Kreuzzug oder etwas Ähnlichem wurde. Er konnte ein sicherer Anlaufort sein, aber er wollte nicht aus dem Blick verlieren, was er eigentlich tun sollte, nämlich sie alle zu dem Punkt zu bringen, an dem sie Französisch oder Spanisch sprechen konnten, in einigen wenigen Fällen beides. „Wahrscheinlich auch über Ihrer", bemerkte er, war nicht ganz willens, den Vortrag einfach so über sich ergehen zu lassen.

Er bekam ein Schnauben zur Antwort. „Oh, für mich ist es in Ordnung", versicherte Mathonwy ihm leichthin, während ein kleines Lächeln um seine Lippen spielte. „Eves anderer Vater kann dieses Thema nicht ruhen lassen."

„Ja?", fragte Deryn, versuchte lässig zu klingen.

Er dachte, dass der eindringliche Blick, den er als Antwort bekam, bedeutete, dass er es nicht ganz geschafft hatte, sein Interesse zu verschleiern. „Haben Sie Tristan schon kennengelernt? Von ihm hat Eve die dunkle Haut", fügte er hinzu, das Lächeln selbstironisch.

Er meinte damit, dass Tristan Eves biologischer Vater war. Und er war auch derjenige, der seinen Nachnamen als erstes in ihren Akten stehen hatte. Deryn hatte es seltsam gefunden, dass sie nicht wie die meisten Familien die alphabetische Auflistung gewählt hatten. „Ja, aber mir war nicht klar..."

„Er ist Arzt, Forscher", erklärte Mathonwy mit strahlenden Augen und offensichtlich stolz und verdammt, Deryn wollte jemanden, der so aussah, wenn er über *ihn* redete. „Wie auch immer", sagte Mathonwy, streckte ihm die Hand hin. „Ich bin Abel. Ist Deryn ein Vor- oder ein Nachname?"

Er nahm die angebotene Hand, konnte für einen Moment aber keine Worte finden. „Vorname", sagte er schließlich, drückte schnell zu.

Abels Hand war heiß in seiner, die Finger rau an seiner Handfläche, als er losließ. Deryn zwang sich dazu, zu lächeln und ihm in die Augen zu sehen. *Professionalität*, erinnerte er sich selbst.

Sein Gast sah sich um. „Muss alles rosa sein? Könnte die Liebe nicht ein wenig bunter sein oder so?", schlug er vor.

War er...? Aber natürlich konnte Deryn fragen. „Wie ein Regenbogen?" Er war nicht ganz in der Lage, ein Lächeln zu unterdrücken, aber was zur Hölle, Mathonwy hatte nachgegeben und einen Mann zu finden, der nicht dachte, dass recht zu haben wichtiger war als alles andere, war so selten, dass Deryn gerne einen Vorteil daraus zog.

Seltsamerweise schien der andere Mann von diesem Vorschlag überrascht zu sein. „Sicher! Siehst du? Du *kannst* die Dinge etwas weniger sexistisch gestalten."

„Was ist mit dir?", verlangte Deryn ein wenig genervt zu wissen. Er hatte gedacht, sie hätten sich darauf geeinigt, es gut sein zu lassen.

Abel bekam große Augen, dann lachte er laut, tief und wahrhaftig. „Ja", sagte er, die Stimme voller Erheiterung. „Ich kann Sachen machen. Ich bin Schreiner, ich bin geschickt mit den Händen."

Deryn atmete aus, entschlossen, ihm zu danken und zu sagen, dass er die Hilfe nicht brauchte, als Abel in die Ecke deutete. „Dieser Schreibtisch sieht so aus, als könnte er Hilfe gebrauchen."

„Was?" Er drehte sich, um zu sehen, wohin er deutete.

Es war der Schreibtisch, der immer knarzte – derjenige, den die unreifsten seiner Schüler liebend gerne nahmen, um mit dem Stuhl zu schaukeln und sich dabei daran festzuhalten und so Deryn in den Wahnsinn zu treiben.

Er hatte ihn natürlich nicht loswerden können, es war kein Geld da, um einen Neuen zu kaufen, und er war in seinem Klassenzimmer gewesen, als er hierhergekommen war. „Das... in Ordnung", sagte er ein wenig steif.

„Wunderbar!" Abel stand auf. „Ich sehe ihn mir erst einmal an...", sagt er, schaute zu Deryn, anscheinend um Erlaubnis bittend.

Deryn winkte ihm, anzufangen, er mochte es nicht einmal, den Kindern Befehle zu geben. Der Sinn eines Lehrers war es, jemanden auf den Pfad des Lernens zu führen, nicht ihn dorthin zu zerren und Deryn war absolut bereit zuzugeben, dass er kein Experte war, was das Thema betraf. „Bitte."

Wenn jemand ihn gefragt hätte, hätte er angenommen, dass man besondere Werkzeuge fürs Schreinern brauchte, aber Abel schien mit einem Teppichmesser aus Deryns Schreibtisch und einem Schraubenzieher, den er entweder mit sich herumgetragen oder irgendwo in dem Chaos in dem Raum gefunden hatte, auszukommen. Er drehte den Schreibtisch mit einer Leichtigkeit, mit der die meisten Leute Kissen trugen. Deryn hatte vielleicht ein wenig auf seine nackten Arme gestarrt – wann hatte er seine Jacke ausgezogen und warum trug irgendjemand ein T-Shirt im *Februar*?

Er zwang seine Aufmerksamkeit wieder auf das Poster, das er laminierte. Er konnte es nächstes Jahr wieder benutzen, stellte er sich vor. Er würde nicht immer so viel tun müssen, er musste nur genügend Ressourcen aufbauen, um seine Klassen interessant zu gestalten, und dann würde es einfacher werden.

Zumindest hoffte er das.

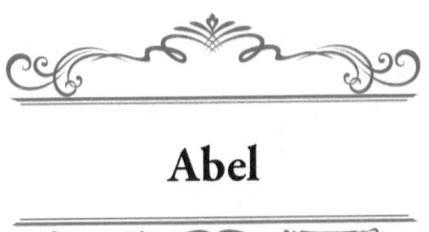

Abel

Der Schreibtisch war einfach zu reparieren, sobald er die Schrauben gelöst und mit ein wenig Klebstoff und Sägespäne wieder eingedreht hatte, um den Raum zu füllen, wo das Holz von den ständigen Bewegungen des vorderen Beins weggefressen worden war.

Er hoffte, das würde seine Kommentare gutmachen. Er hatte nicht versucht, wertend zu sein, er war nur... Nun ja, unglaublich gelangweilt. In letzter Zeit war Eve so ziemlich die einzige Person, mit der er regelmäßig redete und es schien so, als würde sie immer beschäftigter werden. Und sie war erst dreizehn, was würde passieren, wenn sie ein richtiger Teenager war?

Er hatte natürlich sein Rudel, kein Wolf war je wirklich alleine. Aber seine Freunde hatten alle Partner gefunden, sogar die Betas und die meisten von ihnen hatten kleine Kinder. Keiner von ihnen hatte mit zwanzig seinen besten Freund geschwängert. Sie waren beschäftigt, mit ihren Familien und der Arbeit und dem Leben.

Es gab Rudeltreffen und Essen am Sonntag und Abel nahm meistens teil, sogar, wenn Eve und Tristan nicht hingingen. Aber das reichte nicht ganz aus, um den Rest der Woche wettzumachen. Für die vielen Stunden, wenn er niemanden hatte, an den er sich wenden konnte, um einen Witz zu reißen, oder von einer albernen Geschichte zu erzählen, die er im Radio gehört hatte.

Ihm war nicht klar gewesen, wie sehr er sich auf Tristan verließ, bis sein Freund jemand anderen gefunden hatte. Tristan war immer da gewesen. Es hatte keine so große Rolle gespielt, dass sie nicht zusammen waren – Freundschaft und Sex und Kameradschaft reichten Abel mehr als aus.

Aber Tristan hatte jetzt Lyall und dank Lyall hatte sein Arbeitspensum sich verdoppelt oder vielleicht sogar verdreifacht – es war schwer, auf dem Laufenden zu bleiben – und wenn er nicht arbeitete, war er mit Lyall zusammen.

Abel konnte sich darüber nicht wirklich beschweren, oder?

Eigentlich hätte Eve in der Konsequenz mehr Zeit mit Abel verbringen müssen, aber Eve war kein kleines Kind mehr, sie machte nach der Schule ihre Hausaufgaben oder traf sich mit ihren Freunden, entweder in einem Café oder bei ihnen zuhause. Niemals bei ihm, er dachte, dass sie die Tatsache, dass ihre Eltern nicht zusammen waren, nicht an die große Glocke hängen wollte. Sie kam jeden Tag pünktlich zum Abendessen zurück und manchmal bat sie ihn sogar um Hilfe bei einem Poster oder einem Diagramm, aber abgesehen davon waren Hausaufgaben nicht Abels Stärke.

Darum hatte er nur noch das, sich bei einem Lehrer über eine dämliche Party zu beschweren, nur damit er mit jemandem über etwas streiten konnte, bei dem es sich nicht um die Schlafenszeit oder Hausaufgaben handelte oder, im Fall seiner Mutter, warum er mit dreiunddreißig immer noch Single war, obwohl es in ihrem Rudel und denen in der Nachbarschaft so viele nette Omegas gab.

Er stellte den Schreibtisch wieder auf die Beine, rüttelte ihn ein wenig, um seine Arbeit zu überprüfen. Alles war gut.

Deryn schien es nicht zu bemerken, war darauf konzentriert... gelbes Papier zu schneiden?

Abel räusperte sich. „Äh, kann ich sonst noch bei etwas helfen?"

Dunkle Wimpern blinzelte zu ihm auf. „Oh, ist er repariert?"

„Er könnte eine dickere Schraube vertragen", erklärte Abel. „Aber er ist jetzt stabil."

Das war der Vorteil, dass er seine Stärke nutzen konnte, um die Schrauben so tief zu befestigen, wie es nur ging.

„Willst du ihn testen, Mr. Deryn?", fragte er neckend, als er sah, wie die Augen des anderen Mannes in Richtung des Schreibtischs wanderten.

„Nicht nötig", wurde ihm gesagt. „Ich bin sicher... Äh, danke", schloss er, sein Blick begegnete dem von Abel für nur einen Moment. Das weckte in Abel die Frage, wie er mit einer wilden Klasse zurechtkam. Er war ein kleiner Mann und schien ein wenig schüchtern zu sein und Kinder konnte Schwäche riechen wie Haie Blut.

„Möchtest du, dass ich eine andere Farbe mache?", bot Abel an. Die schiere Menge an Material auf den Schreibtischen war überwältigend, er konnte sich nicht vorstellen...

„Du willst Papierherzen ausschneiden?" Deryn warf ihm einen Blick zu, der seinen Unglauben klarmachte. Vielleicht doch nicht so schüchtern.

Abel hob seine Hände. „Nun ja, es war meine Idee, sie farbenfroher zu gestalten. Es ist nicht fair, dir noch mehr

Arbeit zu machen, ohne dir Hilfe anzubieten. Aber meinst du nicht, dass wir Papier verschwenden?"

Deryn stöhnte bei diesen Worten. „Bist du auch noch ein Umweltschützer? Ich glaube nicht, dass ich deinen Standards gerecht werden kann."

Abel schnitt eine Grimasse. „Es tut mir leid, ich habe nur -"

Er wurde von einem Augenrollen unterbrochen. „Ich gebe sie der Aushilfslehrerin, die sich um das Klassenzimmer nebenan kümmert. Sie macht keine Überstunden, darum würde das Zimmer nichts für die Internationale Woche haben, wenn ich es nicht mache."

Abel nickte, ein wenig erleichtert, dass er vom Haken war. „Ist das nicht... ich meine, bist du der Fachbetreuer?"

Deryn schnaubte, schaute an sich herunter, als ob irgendetwas an seinen lockigen dunklen Haaren oder feinen Gesichtszügen diese Annahme absurd machen würde. „Ich? Nein! Ich bin erst vierundzwanzig."

„Ach so", meinte Abel, lächelte ein wenig. Er hatte immer Schwierigkeiten, es bei Menschen einzuschätzen. Damals, als er und Tristan klein gewesen waren, hatte das Rudel die Kinder bis zur Mittelschule zu Hause unterrichtet. Anscheinend störte es die Fähigkeit, die Anzeichen von Alter korrekt zu lesen und entfernte einen von der Popkultur, wenn man Menschen nicht regelmäßig sah. Er zuckte immer noch zusammen, wenn er sich an die ersten Wochen in der siebten Jahrgangsstufe erinnerte, obwohl er wenigstens Tristan und Bina bei sich gehabt hatte. „Du bist sehr engagiert, ich bin mir sicher, dass du es weit bringen wirst."

„Ich bin mir nicht sicher, ob Fachbetreuer werden gleichbedeutend mit ‚es weit bringen' ist", sagte Deryn mit einem Zynismus, der sein Alter Lügen strafte. „Aber danke, nehme ich an."

„Also... lila?", bot Abel an, das Teppichmesser im Anschlag. Auf gar keinen Fall würde er seine Finger in diese Scheren in Kindergröße bringen.

„Äh." Deryns Augen waren wirklich etwas Besonderes, leuchten und groß. „Zweite Schublade", bedeutete er und Abel und machte sich an die Arbeit.

Es war eine ebenso gute Möglichkeit, eine halbe Stunde zu verbringen, wie jede andere und er war... neugierig. Auf diesen jungen Menschen, der Tristan, was die Reden betraf, wahrscheinlich ein hartes Rennen liefern konnte, sich aber damit abgefunden zu haben schien, dass die Dinge so blieben, wie sie waren. Es war... nun ja, traurig.

Abel war nicht darauf aus, die Welt zu verändern, nicht mehr als es brauchte, dass sein Rudel sicher und glücklich war und Werkstücke von dauerndem Wert zu erschaffen. Andererseits hatte er keinen Job als Lehrer angenommen – wahrscheinlich unterbezahlt, wenn er von jemanden verlangte, Überstunden zu machen, um das Gebäude zu dekorieren.

„Der Glitter ist in der linken Schublade des Schreibtischs", erklärte Eves Lehrer ihm, die Augen auf das Durcheinander aus bunten Fäden gerichtet, die sie benutzten, um die Herzen aufzuhängen. Trotz der Banalität der Aufgabe schien er sich darin zu verlieren. Abel kannte dieses Gefühl von seiner eigenen Arbeit – etwas mit seinen Händen zu erschaffen, erlaubte es ihm, einen Frieden in seinem Kopf zu finden, zu dem sonst nur sein Wolf den Weg kannte.

Ein paar Stunden Arbeit gaben ihm das Gefühl, als ob er seine Gedanken geordnet hätte, anstatt ein paar Teile zu schmirgeln und sie sorgfältig zusammenzufügen.

Er trug die Tuben mit dem Glitter, ohne sich zu beschweren, zum Tisch. Eve hatte ganz sicher genug davon überall auf ihrem Sofa verteilt, dass ein wenig mehr das unstetige Schimmern seiner Kleidung nur bereichern konnte.

„Bastelst du gerne?", fragte er, drehte Fäden, um einen Papierkorb zu bekommen – es war ziemlich genial, auch wenn das Farbschema ihm bereits Kopfschmerzen bereitete. Wer hatte entschieden, dass Liebe rosa und rot war? Oder dass sie aus leuchtenden Farben und glitzernden Arrangements bestehen sollte?

Aber man konnte die Körbe nur in zwei Farben machen, darum würde die Regenbogen-Kombination, die er für die Herzen, die überall im Zimmer hingen, verwendet hatte, nicht funktionieren. Er konnte es ohnehin nicht ertragen, das Papier zu verschwenden. Verglichen zu Holz, das benutzt wurde, um Objekte zu schaffen, die jahrelang halten würden – wenn nicht Jahrzehnte – schien Papier eine ernste Verschwendung von Pflanzenleben zu sein.

„Mmm... ja." Deryns Augen waren beinahe honigfarben, aber die goldenen Flecken standen im Kontrast dazu noch mehr hervor. Abel war ein Künstler und ihm konnte das nicht entgehen, das war alles. „Vor allem Skulpturen."

„Oh, Ton?", erkundigte Abel sich. Er hatte das in der Schule gemacht und es hatte ihm wirklich gefallen – wenn er es nicht so sattgehabt hätte, Essays zu schreiben, hätte er vielleicht Kunst studiert, anstatt eine Lehre anzufangen.

„Papier."

„Papier?", wiederholte er verblüfft.

Die hübschen Augen wanderten fort, aber er konnte die Aufmerksamkeit des anderen Mannes auf sich spüren. „Ja, man schneidet es wirklich klein und klebt es zusammen, meistens mit einer Pinzette. Es ist ziemlich erstaunlich, was manche Leute erschaffen. Es ist ein billiges Hobby", fügte er hinzu, schenkte Abel ein Lächeln, das wahrscheinlich selbstironisch sein sollte.

Es hätte funktioniert, wenn Abel dem Impuls widerstanden hätte, auf seine Lippen zu starren.

Er schluckte, erinnerte sich selbst daran, wie beschränkt die Sinne eines Menschen waren. Nicht, dass ein Wolf ihn auf so eine Kleinigkeit angesprochen hätte. „Hast du Bilder?"

„Äh, ja..." Diese goldenen Augen wanderten zurück zu dem großen Schreibtisch – wahrscheinlich dorthin, wo sein Handy lag – aber dann schüttelte er den Kopf. „Ich sollte dich nach all dem aber wirklich auf einen Kaffee einladen. Es gibt hier um die Ecke einen Laden..." Das Angebot war lässig, aber der Herzschlag des Menschen beschleunigte sich, als die Worte heraussprudelten und er neigte sein Kinn, um sein Gesicht zu verbergen.

„Oh, ich -" Abels Wolf wurde aufmerksam, war viel besser auf die subtilen Veränderungen in der Körpersprache einer Person eingestellt. Dann erinnerte sein menschliches Gehirn ihn an eine kleine Tatsache. „Schach", sagte er mit aufrichtigem Bedauern. „Eve sollte mittlerweile fertig sein... Aber beim nächsten Mal?"

Deryn

„Du kannst es mir schulden", sagte Abel, schreckte ihn damit so auf, dass er den Blick hob. „Mich bezahlen, wenn ich zurückkomme, um diesen Schreibtisch zu reparieren."

Deryn warf einen Blick auf das besagte Möbelstück. „Ich dachte, er wäre schon repariert."

„Es wird nicht von Dauer sein, nicht ohne eine dickere Schraube."

„Oh."

„Er ist absolut sicher", meinte Abel, als ob er annahm, Gesundheits- und Sicherheitsbestimmungen wären der Grund für Deryns Schweigen.

„Sicher, danke. Ich... Du solltest Eve abholen", sagte er, versuchte, sanft ermutigend zu klingen und nicht so, als wollte er den netten Mann, der ihm einfach so geholfen hatte, so schnell wie möglich loswerden.

Sich zu schämen war kein Grund, unhöflich zu sein.

Das Seltsame war, dass Abel *tatsächlich* kam. Gleich am nächsten Tag. Deryn war sich so sicher gewesen, dass die ganze Sache mit der dickeren Schraube eine einfache Lüge gewesen war, um sie aus einer peinlichen Situation zu retten, dass er beinahe einen Stapel Übungshefte vom Tisch gestoßen hätte, als er ein Klopfen hörte und sah, dass Abel am Türrahmen lehnte.

„Entschuldigung", sagte der Mann, hob einen roten Werkzeugkasten mit einem schwachen Lächeln in die Höhe. „Ich wollte dich nicht erschrecken."

„Nein", sagte Deryn schnell, sein Puls schlug wie verrückt. „Komm rein, ich..." Er stand auf, schaute sich nach dem Schreibtisch um. Den ganzen Tag lang hatte niemand es geschafft, ihn auf nervige Weise quietschen zu lassen, aber er hatte Deryn stattdessen aus einem anderen Grund abgelenkt, darum war er sich nicht sicher, ob das wirklich eine Verbesserung darstellte.

Abel trat nach vorne und schloss die Tür hinter sich, aus keinem für Deryn ersichtlichen Grund. Er ging direkt auf den Schreibtisch zu, als ob er ihn spüren konnte. Vielleicht konnte man das, wenn man Schreiner war. Abel wandte sich ihm zu, sein Lächeln war ein wenig zögerlich. „Ich habe mir gedacht, dass du wieder lange arbeiten würdest."

Deryn seufzte, zuckte mit den Schultern und tippte auf die Bücher auf dem Schreibtisch, den er sich genommen hatte – es half ihm, wach zu bleiben, wenn er sich im Klassenzimmer bewegte. „Nun ja, die müssen alle korrigiert werden."

„Wofür?", fragte Abel kameradschaftlich, während er ein paar Werkzeuge herausholte. Alle ohne Strom, wie Deryn neugierig bemerkte.

„Damit die Kinder sie sich anschauen und sehen können, was sie falsch gemacht haben."

Das brachte ihm eine erhobene Augenbraue ein. „Und die Kinder schauen sie an?"

Deryn schnitt eine Grimasse. Es schien so, als ob sein unerwarteter Helfer sich nicht zurückhalten würde.

„Ich gebe mein Bestes", gab er mit einem Wedeln seiner Hand zu. Korrigieren war nicht so schlimm, Deryn zog sich wiederholend und sinnlos in jedem Fall einer Lehrerkonferenz vor. Wenigstens konnte er sich eine frische Tasse Tee holen oder sich das Gesicht waschen, wann immer ihm danach war.

Der Schreiner summte, drehte den Schreibtisch problemlos um, damit er besser arbeiten konnte und Deryn zwang seine Augen zurück zu der Lückenaufgabe vor ihm. „Wie lange bist du schon Lehrer?"

„Zwei Jahre." Er nahm den grünen Stift und las den Absatz durch, identifizierte die Worte, die der Schüler eingesetzt hatte, weil er sie schon in zwanzig anderen Heften gelesen hatte. Er verteilte Häkchen und strich aus und schrieb die Seite des Buches auf, wo er die Verbdeklinationen finden konnte.

„Direkt aus der Uni?", riet Abel. Er machte etwas, wahrscheinlich die Schraube herausdrehen, aber Deryn würde nicht schauen.

Die Universität erschien nicht wie eine andere Welt, sondern wie ein anderes Universum, selbst seine erste Stelle hatte ihn nicht wirklich auf die Realitäten seines Berufes vorbereitet. Das Benehmen war in ihrer kleinen Stadt zumindest viel besser.

„Ich wollte immer ein Lehrer werden", sagte er leichthin, strich einen weiteren Satz durch, der in der falschen Reihenfolge stand. „Darum habe ich meinen Abschluss gemacht und gleich mit dem Qualifikationskurs für Lehrer angefangen."

„Du kommst mir älter vor", meinte Abel abwesend. Das war etwas, das die Leute nicht oft zu Deryn sagten – eigentlich konnte er sich nicht daran erinnern, es gehört zu haben, seit er ein Kind war. Abel hielt mit dem Kleber in der Hand inne und stahl einen Blick, wodurch Deryn klar wurde, dass er selbst aufgeschaut hatte. „Das ist ein Kompliment", erklärte er. „Weiser als deine Jahre und all das."

Deryn schluckte, schaute schnell nach unten. Er konnte spüren, wie sein Gesicht sich auf eine Weise erhitzte, die ihn ganz gewaltig an seine Teenagerzeit erinnerte. Er vermisste es, längere Haare zu haben, hinter denen er sich verstecken konnte. „Danke", brachte er hervor.

Abel

„Das muss schön gewesen sein, zu wissen, was du werden willst", sagte er ein wenig zu schnell.

Er stellte sicher, dass er seine Augen auf die zweite Schraube gerichtet hielt, die er direkt in das Holzbein drehte, um dem Tisch einen weiteren Fixpunkt neben der ursprünglichen Verbindung zu geben. Das Möbelstück war alt genug, um tatsächlich ganz aus Holz gemacht zu sein – gebaut, um zu halten, aber nur, wenn man sich entsprechend darum kümmerte. Und die Menschen hatten vergessen, wie man sich um Dinge kümmerte, sie hatten eine Möglichkeit gefunden, neue Sachen so billig zu produzieren, dass sie einfach ersetzten, was immer sie kaputtmachten – auch wenn die alten Sachen nur ein wenig Schliff und Farbe brauchten oder als riesiger Haufen auf dem Müll enden würden.

Das Herz des Menschen schlug immer noch ein wenig schnell, aber er schaffte es, seine Stimme ruhig klingen zu lassen, als er meinte: „Du scheinst ganz erfolgreich zu sein."

„Ach, nun ja, das ist es jetzt, im Alter. Ich... Na ja, ich habe die Dinge nicht so gut gehandhabt, als ich jünger war." Er bedauerte es nicht, Eve zu haben, natürlich nicht, aber er konnte den Schmerz nicht vergessen, den Tristan dadurch erlitten hatte, die Art, wie die Vorstellung, beim Rudel zu bleiben und nicht in der Lage zu sein, zur Universität zu gehen, ihm das Leben auszusaugen schien. Abel war ein einfacher Mann, er hätte in seiner kleinen Stadt mit seinem kleinen Job glücklich sein können, aber Tristan... Tristan brauchte etwas anderes. Etwas, von dem Abel immer gewusst hatte, dass er es ihm nicht geben konnte.

Es war nicht so, dass die Zuneigung vom Vollmond erschaffen worden war. Jedenfalls nicht bei ihm.

Deryn entschied, ihn von seinem Leid zu erlösen, rief ihn in die Gegenwart zurück. „Warum hast du dich fürs Schreinern entschieden?"

„Oh, es schien... Es hat mir immer gefallen, Dinge zu schaffen, Kunst war mein Lieblingsfach in der Schule, aber ich habe auch gerne zu Hause geholfen – Zäune und all das."

„Ihr haltet Tiere?"

Die Frage brachte Abel beinahe zum Lachen. Sogar wenn man die Wölfe selbst nicht mitzählte - worüber man diskutieren konnte - hielt das Rudel auch einige Schafe für Milch und Fleisch. Einmal im Jahr kauften sie auch ein paar Rehe, immer vor dem Frühling, um ihnen mehrfache Paarungen zu ermöglichen. Die Jahre, in denen es Kitze gab, wurden vom Rudel traditionell als gutes Omen angesehen, auch wenn das mittlerweile nur bedeutete, dass sie noch einmal jagen konnten, wenn sie ausgewachsen waren. Das mussten sie tun, weil ihr Ökosystem nicht wirklich in der Lage war, Tiere dieser Größe zu ernähren, nachdem die Menschen so viel Land bebaut hatten oder für die Landwirtschaft nutzten.

„Schafe", sagte er einfach. Das war in Criccieth nicht wirklich so ungewöhnlich, aber er konnte dennoch Deryns Überraschung spüren.

„Das ist sehr traditionell von dir", meinte er. Er tippte mit seinem grünen Stift gegen sein eigenes Kinn, die Augen neugierig auf Abel gerichtet.

„Es ist nichts Falsches an Tradition", sagte Abel leichthin. „Du hast nicht hier gelernt, oder? Bist du nach Cardiff gegangen?"

„Manchester", antwortete Deryn. „Aber ich nehme an, ich bin ziemlich traditionell. Ich habe mein Zuhause vermisst. Auch wenn die Stadt... Nun ja, sie ist ziemlich gut, wenn man ein wenig anders ist, könnte man sagen."

„Wirklich?", fragte Abel interessiert. „Ich finde, dass Leute, die anders sind, hier ganz gut zurechtkommen, wir gehen als exzentrisch durch, anstatt als einmalig oder so, aber das, was am Ende zählt, ist, dass die Leute dich respektieren, oder nicht? Und ist es dafür nicht besser, wenn sie dich kennen?"

Deryn gab ein kleines, nachdenkliches Nicken zur Antwort. „Criccieth ist aber nicht so klein."

„Nein, aber du kennst deine Nachbarn, oder?", betonte Abel. „Und du kannst dich mit dem Lehrer deines Kindes hinsetzen und über dein Leben reden. Machen sie das unten in Manchester?"

Das brachte ihm ein Lachen ein und wie sich herausstellte, wurden diese rosa Lippen mit Grübchen geliefert. „Ich kann nicht behaupten, dass je ein Elternteil gekommen ist, um mir zu sagen, dass ich nicht feministisch genug bin", gab Deryn zu. „Vielleicht sind sie nicht so progressiv, wie sie es vorgeben."

„Siehst du? Hier bist du besser dran." Die Worte, die in seinem Kopf in Ordnung gewirkt hatten, klangen ein wenig zu warm, als sie es nach draußen schafften und Abel schluckte und schaute auf die Arbeit, die er innerhalb von fünf Minuten erledigt hatte. „Ich bin hier fertig, ich werde dich also arbeiten lassen -"

„Nein", unterbrach Deryn ihn. „Ich meine, ich habe gesagt, dass ich dich auf einen Kaffee einladen würde. Eine Pause würde mir wirklich guttun. Ich brauche nur..." Er schaute auf den Stapel auf seinem Schreibtisch. „Zehn Minuten?"

Er klang so zaghaft, dass Abel nicht hätte Nein sagen können, sogar wenn er außer einem leeren Haus etwas gehabt hätte, auf das er sich freuen konnte – Eve war an diesem Tag bei Tristan. Er wäre an ihrem Tisch willkommen gewesen. Lyall hatte schon seit Langem akzeptiert, dass Abel ihm nicht böse war, weil er seinen Omega gestohlen hatte. Aber sie hatten ihr eigenes Leben und sie sollten es genießen können, ohne ihm immer Reste von ihrem Tisch geben zu müssen, als wäre er ein Streuner.

Er musste sein Sozialleben wirklich auf die Reihe bekommen, lernen, ein Erwachsener zu sein, wieder eine Verbindung zu seinen Freunden aufbauen... Vielleicht jemanden für sich finden. Er schaute sich um, vor allem, um den Blick von Deryn zu wenden. „Macht es dir etwas aus, wenn ich mich umsehe? Vielleicht gibt es noch etwas..."

„Natürlich!" Deryn hatte auch ein hübsches Lächeln, sogar wenn er versuchte, es zu unterdrücken. Sogar wenn er nur glücklich darüber war, dass Abel sein Klassenzimmer reparierte, war es dennoch etwas, jemanden mit nur ein wenig Arbeit mit seinen Händen so zum Strahlen zu bringen.

Es erschien ihm mit einem Mal seltsam, dass seine Tochter so viele Stunden in einem Raum verbrachte, den er nie auch nur angeschaut hatte. Es hingen Arbeiten von Schülern an den Wänden und er amüsierte sich damit, die von Eve zu finden, ohne auf die Namensschilder zu schauen. Es war lange her, dass er aufgehört hatte, Angst zu haben, sie fallen zu lassen oder sie zutiefst zu traumatisieren, aber es gefiel ihm, Hinweise auf die Person zu sehen, die sie außerhalb des Hauses war – die Person, die sie wirklich war, wenn sie nicht da waren, um sie anzuleiten. Mit dem wenigen Französisch, an das er sich erinnern konnte, fand er heraus, dass sie ein Essay über einen Star und seinen festen Freund geschrieben hatte. Menschen hatten ihren mörderischen Hass überwunden – zum Großteil – aber sie waren immer noch vollkommen zufrieden, in einer Welt zu leben, in der Heterosexualität das einzig angebotene Beispiel war. Gab es den Sänger überhaupt?

„Hey", sagte er, bevor ihm klar wurde, dass er vielleicht störte und sich umdrehte, um den Lehrer anzusehen. Deryn stand, hatte die Jacke auf halbem Wege auf den Armen, was seine Oberarme ein wenig anschwellen ließ.

Abel schaute auf. „Äh, dieser Adam mit dem festen Freund... Eve hat über ihn geschrieben und ich habe mich gefragt, ob sie ihn erfunden hat."

Deryn schnaubte, zog sich die Jacke über die Schultern und schüttelte den Kopf. „Du siehst viel zu jung aus, um diese Frage zu stellen."

„Gute Gene", meinte Abel einfach.

„Er ist real, auch wenn er als Traum bezeichnet wurde", fügte er hinzu und so wie sein Herzschlag einen Moment aussetzte, sagte das eine Menge darüber aus, wer ihn so beschrieben hatte.

„Wurde er das?", neckte er, machte einen Schritt auf Deryn zu. Es war nicht so, als ob er die Anziehung nicht gespürt hätte, aber... „Wer?"

„Von wem", korrigierte Deryn, mit gespitztem Mund und leuchtenden Augen. „Und schön, von mir. Aber du solltest ihn sehen, bevor du ein Urteil fällst. Außerdem singt er wirklich gut."

„Wie ist er in der Französischstunde zur Sprache gekommen?" Er folgte Deryn zur Tür. Er hatte seine Jacke im Auto gelassen und sein Auto zu Hause, weil ein paar Kilometer leichtes Joggen für ihn nicht mehr als ein kleiner Spaziergang waren.

„Wir versuchen, alles interessant zu gestalten, darum haben wir ein paar Stunden über Stars, dazu gibt es auch eine Menge Material aus Teenager-Zeitschriften und Blogs, außerdem, wenn sie die Antworten bereits kennen, ist es leichter für sie zu verstehen, was das Französisch bedeutet. Diese Essays sind wahrscheinlich die Längsten, die sie im ganzen Jahr schreiben werden", fügte er hinzu. „Natürlich glauben ein paar von ihnen immer noch nicht, dass wir Plagiate überprüfen können, darum..."

„Zumindest lesen sie auf Französisch?", warf Abel ein, hielt die Tür offen.

Deryn zögerte, was noch eine seltsame menschliche Gepflogenheit war – wer stritt sich darüber, wessen Aufgabe es war, höflich zu sein? „Ja, die Copy-Paste Teile haben größtenteils Sinn ergeben. Andererseits gibt es dann immer noch die *automatische Übersetzung*."

Diese letzten Worte betonte er, als wären sie eine ansteckende Krankheit, die den Betroffenen entstellte, bevor er langsam daran starb und Abel konnte ein Lachen nicht unterdrücken. „Hey, es hat seinen Nutzen!"

„Wie die Anweisungen, wie man einen Schreibtisch zusammenbaut, der von modernen Schuldknechten gemacht wurde?", schoss Deryn zurück und streckte die Hand aus, um für ihn die Eingangstür zu öffnen.

Abel machte einen Schritt zurück, ließ seine Augen absichtlich groß werden. „Wow, kauf mir einen Kaffee, bevor du mit der Revolution anfängst!"

Das brachte ihm einen listigen Blick ein. „Ich dachte, die Revolution wäre *dein* Ding."

„Ich werde sie teilen", meinte Abel lässig. „Sobald ich Koffein in mir habe."

Das Café befand sich tatsächlich in der Nähe und es musste später sein, als er gedacht hatte, weil es nicht so voll war.

Deryn schaute mit großen Augen zu, wie er einen doppelten Espresso trank. „Ich hoffe, du machst das nicht vor deinem Kind", stellte er fest.

„Häh? Warum?"

„Vorbildfunktion."

„Willst du beweisen, dass du ‚wacher' bist als ich, indem du Kaffee hasst?", vergewisserte Abel sich, setzte sich mit einer Tasse Lady Grey hin.

„Was? Nein, ich habe nur – rauer Hals, hier ist Honig drin", erklärte Deryn, hob seine eigene große Tasse mit grünem Tee.

Abel hatte das gewusst, weil er ja eine Nase hatte. „Wirst du krank?", fragte er neugierig. Es war nicht so, dass Werwölfe sich nie etwas einfingen, aber es kam selten vor, dass ein Bakterium oder ein Virus stark genug wurde, um ihr Immunsystem zu überwältigen. Er fragte sich, ob er es bekommen könnte, wenn er... Deryn nahe war.

Deryn lachte. „Warum klingst du wie ein Psychopath, wenn du das fragst? Ich bekomme vielleicht einen leichten Schnupfen, kann es mir aber nicht erlauben, wirklich krank zu werden."

„Aber die Schule würde dennoch bezahlen -"

Deryn winkte ab. „Ja, natürlich, aber sie würden *meine* Arbeit nicht für mich machen und wenn ich dann zurückkomme, gäbe es wahnsinnig viel aufzuarbeiten."

„Klingt nicht so, als ob du dir tatsächlich freinehmen kannst."

„Das stimmt wohl..." Er trank, seine Wimpern flatterten ein wenig in offensichtlicher Freude, als er schluckte. „Nun ja, du bist Vater, du kannst dir auch nicht wirklich freinehmen, oder?"

„Natürlich kann ich das! Dafür habe ich eine Familie. Im Moment..." Er schaute auf die Uhr. „... sollte Eve von Tristans festem Freund Hilfe bei den Hausaufgaben bekommen, der übrigens neunzehn ist, aber viel besser in jedem Fach, außer vielleicht Kunst."

Deryn sagte für einen langen Moment gar nichts, zwang sich aber zu einem Lächeln, als Abel ihm eines schenkte. „Äh... da gewinne ich wohl, ein Lehrer zu sein ist das Schlimmste." Er trank mit gesenktem Blick.

Es war wahrscheinlich nicht das Einfühlsamste gewesen, das er zu jemandem sagen konnte, der seine Nöte mit ihm teilte, wurde Abel klar, während er innerlich zusammenzuckte. „Es gefällt dir aber trotzdem, oder?"

„Ja." Die Antwort kam prompt, ließ aber für eine Bekräftigung etwas Wärme vermissen. „Es wird einfacher werden, sobald ich mehr Ressourcen aufgebaut habe und weiß, wie ich die Dinge besser angehen kann."

Abel fand, dass das für einen Plan etwas vage klang. „War das letzte Jahr schlimmer?"

„Ich kann es noch nicht vergleichen", wandte Deryn ein. „Außerdem verschreie ich es vielleicht, wenn ich zu selbstbewusst werde."

So sehr die Menschen auch behaupteten, erleuchtet zu sein und nicht an... nun ja, zum Beispiel Werwölfe zu glauben, war es überraschend, wie oft sie versuchten, den uralten Regeln des Universums zu gehorchen, nur für den Fall.

Er fragte sich, was Deryn von ihm in seinem Fell gedacht hätte. Er konnte es ihm natürlich nicht erzählen und warum sollte er? Das hier war nur ein freundliches Gespräch.

„Was ist mit dir? Wie ist es in deinem Job?"

„Einsam", war das erste Wort, das ihm in den Sinn und aus seinem Mund kam. Abel richtete sich in seinem Stuhl auf. „Äh, ich meine damit, ich liebe die Arbeit, die Stücke und... einfach eine Stelle zu finden und einen ganzen Raum mit einem Tafelgeschirr oder einer hölzernen Truhe zu verändern."

„Du verbringst aber wahrscheinlich einen Großteil des Tages allein", bemerkte Deryn nachdenklich. Er nahm einen langen Schluck von seinem Getränk, seine Kehle arbeitete dort, wo er den gelben Schal abgenommen hatte, der seinen roten Mantel betonte.

Rotkäppchen und der Wolf, kannte das Universum keine Scham? Abel füllte schnell seinen Mund mit dem, was sich noch in seinem Becher befand.

Nicht, dass Deryn sich in Gefahr befand, Abel schaute nur.

Er stellte sein Getränk ab und begegnete Abels Blick. „Weißt du, manchmal habe ich auch dieses Gefühl. Ich bin den ganzen Tag von Kindern umgeben und zum Mittagessen brauche ich meine Ruhe und... manchmal spreche ich den ganzen Tag lang mit keinem Erwachsenen. Jedenfalls nicht mehr als ‚Guten Morgen‘."

Andererseits, in der Geschichte war derjenige, der sich wirklich in Gefahr befand, der Wolf, oder nicht?

Kapitel 2

Abel

aber Mr. Deryn sagt, dass es in Ordnung ist."

"… Es lief Top Gun, was normalerweise nur ein Hintergrundgeräusch war, aber er musste dem Geplapper auf dem Bildschirm mehr Aufmerksamkeit geschenkt haben, als er dachte, weil der Name ihn überraschte. Er hätte aber wahrscheinlich den Fernseher nicht auf stumm schalten und es offensichtlich machen sollen, dass er nicht zugehört hatte.

Eve warf ihm einen misstrauischen Blick zu. „Was?"

„Mr. Deryn…", wiederholte Abel. „Er ist ein guter Lehrer, oder nicht?"

„Oh mein Gott, woher kennst du ihn?", fragte sie sofort, ihre Augen wurden groß und ihr Herzschlag beschleunigte sich. „Hast du dich *beschwert*? Wegen dieser dämlichen St. Valentins Sache?" Sie war bereits aufgesprungen, hatte ihr offenes Übungsbuch auf den Kaffeetisch zwischen dem Fernseher und dem Sofa fallen lassen. „Er ist *der beste* Lehrer und jetzt wird er denken, dass ich – Du hast gesagt, dass du es nicht tun würdest!", beschuldigte sie ihn, wobei ihre Stimme ein wenig schrill wurde.

Abel starrte sie an, war zu sprachlos von der Heftigkeit ihrer Reaktion, um sich eine Antwort einfallen zu lassen.

Tristan hätte sie unterbrochen und sie daran erinnert, dass sie auf ihren Ton achten sollte – sein Ex war vielleicht kein

Fan der Hierarchie von Alphas und Omegas, aber er erwartete von ihrer Tochter definitiv, dass sie jene respektierte, die älter waren als sie. Aber Abel musterte sie nur, konzentrierte sich darauf, sich selbst zu beruhigen, während sie sich über seine eingebildeten Verfehlungen aufregte.

Eve war dramatisch, aber sie war nicht selbstvergessen, darum dauerte es nicht lange, bis sie meinte: „Warum sagst du nichts?"

„Wirst du zuhören?", fragte Abel sie.

Sie schnaubte und verschränkte ihre Arme, presste ihre Lippen zusammen.

Er dachte darüber nach, sie dazu zu bringen, es zu sagen, entschied dann aber, dass es keine Rolle spielte. „Du reagierst über. Ich war bei ihm, um mit ihm zu reden, weil du letzten Donnerstag Schach hattest, als ich kam, um dich abzuholen, aber wir haben nur geplaudert und ich habe einen der Schreibtische im Klassenzimmer repariert, das ist alles." Er zögerte, weil das nicht alles war, natürlich war er am nächsten Tag zurückgekommen und sie hatten mindestens eine Stunde damit verbracht, bei einem Kaffee zu reden, aber... Nun, Eve war kaum in der Stimmung, vernünftig zu sein, und er konnte ihr das später erzählen.

„Geplaudert?"

Er warf ihr einen verwirrten Blick aus großen Augen zu. „Uns unterhalten?", versuchte er es. „Ein Austausch von Ideen? Ein Schwatz? Ein Klatsch?"

Ihre Lippen teilten sich und als sie endlich wieder etwas sagte, klang sie zweifelnd, aber nicht mehr angriffslustig. „Das hast du gerade erfunden."

„Nö", sagte Abel zufrieden, wartete einen Moment, sodass sie seinen gleichmäßigen Herzschlag hören konnte.

Sie schnaubte, verdrehte die Augen. „Wie auch immer."

Abel schaffte es, sein Lachen zurückzuhalten, bis sie das Zimmer verlassen hatte.

Deryn

Der neue feste Freund erklärte eine Menge über Abel. Es konnte sich immer noch um eine offene Beziehung handeln, aber die Art, wie Abel über den jungen Mann gesprochen und ihn als besser bezeichnet hatte, war schmerzlich zu hören gewesen. Wenn man bedachte, dass Eve dreizehn war, musste Tristan in Abels Alter sein, warum also ging er mit einem Kind aus, das gerade mit der Schule fertig war?

Deryn bedauerte immer noch, Abel nicht gesagt zu haben, dass gut in der Schule zu sein diesen neuen Typen nicht besser als ihn machte. Aber um ehrlich zu sein, hatte er die meisten der positiven Dinge, die er zu Abel hatte sagen wollen, seit sie sich kennengelernt hatten, unterdrückt. Es hätte zu sehr wie Flirten ausgesehen, wenn man seine ungehobelten Versuche denn so bezeichnen wollte und er hatte gedacht...

Dass Abel jemanden hatte.

Nicht, dass es etwas änderte, wenn dem nicht so war. Er war immer noch wunderschön und älter und litt wahrscheinlich an einem gebrochenen Herzen, nachdem sein Ehemann ihn für einen jüngeren Mann verlassen hatte.

Vielleicht konnte er später etwas sagen oder einfach nur danach fragen, um zu zeigen, dass er zuhörte. Als seine Freunde noch hier gewesen waren, war er immer ein guter Freund gewesen. Damals, als ein Date zu haben vollkommen unmöglich erschien, war das etwas gewesen, das er sich selbst eingeredet hatte, dass er andere liebte und zurückgeliebt wurde.

Deryn hatte keine Ahnung, was er machte, aber Abel kam in der darauffolgenden Woche am Mittwoch zurück (Schachclub) und am Donnerstag (Tristans Tag mit Eve). Er brachte seinen Computer mit, um an seinen Rechnungen zu arbeiten, und sie saßen in dem kühlen Zimmer – Abel trug immer noch keine Jacke – in kameradschaftlicher Stille, während sie ihre Arbeit machten.

„Friert es dich nicht?", fragte Deryn, als er mit dem Korrigieren fertig war. Einen Moment zu spät kam ihm, dass er vielleicht störte, aber der andere Mann schaute auf, als ob er eine Frage erwartet hätte.

„Nein, mir ist warm."

Deryn versuchte vernünftigerweise nicht, diese Aussage zu bestätigen, indem er seine Hand entweder auf Abels stoppelige Wange – manche Tage waren besser als andere, aber er hatte ihn nie ohne Gesichtsbehaarung gesehen – oder auf die Linie seines Halses legte, die vom Kragen seines Hemdes nicht bedeckt wurde.

Verdammt, er musste flachgelegt werden. Auch wenn er deswegen eine leichte Übelkeit verspürte, wäre das immer noch besser als die Art, wie seine Augen immer wieder wanderten. Er schloss seine Bücher. „Ich bin fertig. Kaffee?"

„Ich zahle", warnte Abel ihn auf dem Weg.

Deryn verdrehte die Augen, er hatte gedacht, er hätte zumindest die Ritterlichkeit hinter sich gelassen, aber natürlich machte die Moderne alles komplizierter. „Hast du dir nicht gerade deine Ausgaben angesehen? Hat dich das nicht zum Sparen inspiriert?"

Der ältere Mann schnaubte. „Kaffee ist keine Ausgabe, ansonsten wäre ich in den roten Zahlen. Und es macht mir nichts aus, für gutes Material zu bezahlen, das von zertifizierten Herstellern kommt."

Er hielt die Tür auf und Abel ging ohne Kommentar hindurch. Das war schon etwas, dachte er mit einem Lächeln. „Kannst du diesen Zertifikaten aber wirklich trauen? Ich schaue sie mir immer nur fürs Essen an und frage mich immer..."

„Ob sie dir nicht ein reines Gewissen verkaufen?", beendete Abel den Satz.

„Nun ja, ja."

Abel hatte die Brauen ein wenig gerunzelt, aber er schien nicht genervt zu sein, eine Reaktion, die Deryn normalerweise bekam, wenn er infrage stellte, ob jemand, der das doppelte des üblichen Preises für Gemüse bezahlte, wirklich wusste, ob es tatsächlich sowohl sozial als auch ökologisch verantwortungsbewusst hergestellt worden war.

„Was möchtest du trinken?", erkundigte Abel sich, neigte seinen Kopf in Richtung der Kasse, erinnerte Deryn so daran, dass es, abgesehen davon, Gründe zu finden, noch länger miteinander zu reden, ein Ziel gab.

„Einen Latte, bitte."

„Ich kann es im Holz spüren", sagte Abel, stellte das Tablett auf den Tisch.

Deryn blinzelte ihn an. „Was?"

„Das Holz", wiederholte Abel und Deryn kam endlich mit. „Es fühlt sich anders an, wenn es von einem Ort kommt, an dem es gut behandelt wurde. Hast du von diesem Experiment gehört? Mit den beiden Pflanzen, die ein Jahr lang entweder beleidigt oder gelobt wurden?"

Deryn schüttelte den Kopf, griff nach einer Packung Zucker, spielte aber nur damit herum. Abels Augen schauten ein wenig ins Leere, blau, wie der Himmel an einem Sommernachmittag – halb die Farbe des Meeres – und dann zuckte er mit den Schultern und begegnete wieder Deryns Blick und Deryn hätte sich beinahe an Luft verschluckt.

„Es war nicht super-wissenschaftlich, nehme ich an, aber sie haben zwei identische Pflanzen in einen Flur gestellt, mit einem Schild, das entweder „Lob mich" oder „Beleidige mich" sagte und nach ungefähr sechs Monaten war die „schlechte" Pflanze vertrocknet, während die andere wuchs und gedieh."

„Ernsthaft?" Er wusste, dass er ein wenig ungläubig aussah, es war nur so, dass er nicht... nun ja, an Magie oder was auch immer das New Age Äquivalent davon war, glaubte.

„Ja und es ergibt Sinn." Abel nickte, teilte auf stille Weise seine Gedanken, machte sich offenbar keinen Kopf darüber, dass er dadurch seltsam wirken könnte. „Nichts existiert in der Leere, darum denke ich... die Bäume, die von Menschen umgeben sind, denen es nicht egal ist, die vielleicht wissen, dass ihre Nachkommen weiterleben und ihr Land gedeihen wird..." Er hielt inne, suchte wieder Deryns Blick.

Deryn riss seine Augen von der Offenheit in seinem Gesicht beinahe so schnell los, wie er sein Handy aus seiner Tasche holte. „Das muss ich sehen", erklärte er. Die Verbindung war ein wenig langsam, aber er schaute nicht auf, während sie lud. Er hoffte wirklich, dass er nicht errötete.

Er war sich nicht ganz sicher, ob der Videobeweis für ein wissenschaftliches Experiment taugte, aber für ihn ergab es Sinn. Und es wurde noch interessanter, als sich herausstellte, dass ein Lehrer seine Schüler zu den Pflanzen mitgenommen und Nachrichten für sie aufgezeichnet hatte. „Oh, Mobbing, das ist... ich muss das in der Schule verwenden", sagte er, seine Finger zuckten nach einem Stift. Er begnügte sich damit, sich den Link zu mailen.

Und dann lachte Abel, seine Freude ließ Deryn den Atem stocken. „Du bist ein Workaholic, nicht wahr?", fragte er und Deryn spürte sein Gewicht an dem Tisch zwischen ihnen, beinahe genug, um ihn kurz nachsehen zu lassen, wenn er nicht bereit gewesen wäre zu widerstehen.

Er hatte keine Ahnung, warum es so schwer war. Sie kannten einander kaum, oder? Und Abel sah gut aus, ja, aber es war nicht so, als ob Deryn in einem Kloster aufgewachsen wäre oder etwas in der Richtung...

Er zuckte mit den Schultern, klickte auf einen anderen Link und hoffte, dass er nicht vollkommen offensichtlich war.

Das Endergebnis war in der Tat ein vertrockneter Farn, der mit Negativität überflutet worden und ein prächtig gedeihender, der liebevoll gelobt worden war. Seine Tante hatte immer mit ihren Pflanzen gesprochen, erinnerte er sich mit einem Mal. Sie hatte darauf bestanden, dass ihnen das guttat.

Es gab noch mehr Videos – unendlich viele, höchstwahrscheinlich – aber Deryn zwang sich, das Handy wegzulegen und zu seinem... Freund? aufzusehen. Er konnte dieses Wort verwenden, nahm er an. „Das ist fantastisch", erklärte er ihm und griff endlich nach seinem Kaffee. Er würde seinen Mund für eine Minute füllen.

Er vergaß vollkommen, dass er keinen Zucker zugefügt hatte, und schluckte den Mundvoll mit einer Grimasse, die seinen Begleiter wieder zum Lachen brachte.

„Du verlierst dich wirklich darin, nicht wahr?"

„Du warst derjenige, der mir davon erzählt hat, Mr. Gleichgültig", erinnerte Deryn ihn, öffnete drei Zuckerpäckchen gleichzeitig und schüttete sie in seinen Becher – Abel hatte ihm aus irgendeinem Grund den großen gekauft. Er würde zweimal pinkeln müssen, bevor er damit fertig war. „Ich denke nur darüber nach, meine Stunden mitreißender zu gestalten."

„Nein, ich – Es ist schön zu sehen, dass du liebst, was du tust. Es sieht nach einer Menge Arbeit aus, nach vielen Papierschnitten", fügte er in leichterem Tonfall hinzu. „Aber ich hätte solche Sachen liebend gerne in der Schule gelernt."

„Damals im Mittelalter?", erkundigte sich Deryn, was wahrscheinlich ein wenig unhöflich war, nur dass Abel natürlich wie ein verdammtes Model aussah und eindeutig nicht alt genug, um ein Kind im Teenageralter zu haben.

„Subtil, Kind", beschied Abel ihn, wobei sein Mund sich zu einem halben Lächeln hochzog. „Ich bin dreiunddreißig."

Neun Jahre älter als Deryn selbst, nicht dass es eine Rolle spielte.

Abel

Deryn hatte einen Stapel Bücher auf seinem Tisch, als er ankam.

Es war wieder Mittwoch, aber er holte Eve nicht ab. Sie würde nach dem Schachclub mit Freunden ins Stadtzentrum gehen.

Nicht, dass er das Deryn gegenüber erwähnen musste, oder vielleicht konnte er das, sobald es spät genug wurde, um noch relevant zu sein. Er war sich beinahe sicher, dass Deryn nicht fragen würde, ob Abel nur hier war, um Zeit mit ihm zu verbringen.

Wenn Deryn kein Mensch gewesen wäre, hätte Abel gedacht, dass er sich verraten hatte.

Natürlich war Tristan kein Mensch und auch wenn er normalerweise von seiner Arbeit abgelenkt wurde, war ihm aufgefallen, dass Abel drei Einladungen zum Abendessen in Folge abgelehnt hatte.

„Ist es... ich meine damit, zwischen dir und Lyall ist alles in Ordnung, oder?"

Er hatte so aufrichtig besorgt geklungen, dass Abel es nicht über sich gebracht hatte, etwas anderes zu tun als die Wahrheit zu erzählen. „Ich meide euch nicht, ich... ich treffe mich morgen mit jemandem, darum muss ich einen Auftrag fertigstellen, weil ich sonst im Zeitplan hinterherhinke." In den letzten paar Wochen hatte er es tatsächlich geschafft, all seinen Papierkram auf den neuesten Stand zu bringen, darum half es im Großen und Ganzen, mit Deryn zu arbeiten – auch wenn er manchmal ein wenig abgelenkt wurde.

„Oh." Tristan nickte, sah nachdenklich aus. Natürlich würde er nicht nachbohren wollen, es spielte keine Rolle, dass er und Abel sich besser kannten als jeden anderen auf der Welt – und Tristans neuer fester Freund änderte nichts an dreißig Jahren Freundschaft. „Gut", meinte er, nickte nachdrücklicher, als das Wort es rechtfertigte. „Du solltest Spaß haben."

Vielleicht dachte Tristan, dass er ein Date hatte, was sollte es? Ein Treffen mit einem Freund war nicht so weit davon entfernt. Deryn war wunderschön und er wusste, dass Abel auf Männer stand und er entschied sich, Zeit mit ihm zu verbringen. Und das hätte das Anzeichen für etwas... anderes sein können. Aber Deryn war einfach nur nett, nichts weiter, und er war ein Mensch, natürlich, weshalb auch nur über irgendetwas anderes als angenehme Nachmittage mit Kaffee und Belanglosigkeiten nachzudenken absurd war.

Die Welt mochte ja von Romantik besessen sein, aber Abel war klug genug zu wissen, dass er etwas Wertvolles gefunden hatte. Klein, aber wichtig, jene Art Sache, die die Tage besser machte und das eigene Päckchen zu tragen leichter.

Es bedeutete nicht, genügsam zu werden, wenn man nahm, was angeboten wurde, es war einfach nur vernünftig.

Abel war das liebend gerne.

„Du hast mir nie diese Bilder gezeigt", erinnerte er Deryn, während er seinen Skizzenblock vorbereitete. Er hatte seit Ewigkeiten keine Zeit gehabt, Skizzen für seinen Katalog anzufertigen, wahrscheinlich, weil er jedes Mal, wenn er das wollte, das Gefühl bekommen hatte, dass er seine Ausgaben ordentlich aufarbeiten sollte und am Ende keines von beidem machte.

Die Art hoch komplizierter Arbeit, die er am liebsten mochte, war nicht wirklich erschwinglich für jemanden, der kein Aristokrat oder Technik-Milliardär war, die beide in Criccieth selten waren. Aber hey, ein Mann brauchte ein Hobby, auch wenn dieses Hobby irgendwie auch sein Job war.

„Oh, ja, lass mich..." Deryn nahm sein Handy und fing an zu scrollen. Er hatte kleine, bewegliche Hände. Sehr gut dafür geeignet, mit etwas so Kleinem wie einer Pinzette zu arbeiten. Aber während er zusah, gab Deryn einen unglücklichen Laut von sich, atmete dann langsam aus. „Ich kann nicht..."

„Sie nicht finden? Mach dir -"

„Nein", unterbrach Deryn ihn, wobei seine Stimme ein wenig rau wurde. „Ich mache *immer* Bilder, manchmal sogar mittendrin, einfach nur um... Aber da ist nichts. Ich habe in den letzten beiden Monaten nichts gemacht..." Er schaute auf, sein Herz schlug zu schnell, seine Augen hatten Falten, von etwas, das wie echte Sorge aussah.

„Du musst nicht", meinte Abel sanft.

„Aber ich *will*", gab Deryn zurück, leise und müde. Er sah sowohl älter als auch jünger aus mit seinem auf einmal offenen Gesichtsausdruck und Abel konnte nicht anders, er griff nach seiner Hand.

Sein Puls setzte kurz aus, direkt neben Abels Zeigefinger und Abel musste sich auf die Zunge beißen, um keinen Laut von sich zu geben. Aber Deryn zog die Hand nicht weg und Abel ließ nicht los. Er schluckte und zwang sich, sich zu konzentrieren. Er würde seine Aufgabe als Freund nicht vernachlässigen, nur weil er vielleicht ein klein wenig verknallt war.

„Zeit ist Liebe", sagte Abel einfach. „Und du liebst deinen Job, oder nicht?"

„Ich würde gerne etwas anderes neben meinem Job lieben", gab Deryn zurück, angespannt und unglücklich. Für einen Moment schien es unmöglich zu sein, den Blick abzuwenden, aber dann entspannte Deryn sich mit einem Seufzen. „Es tut mir leid, ich wollte es dir nur wirklich zeigen."

Es schien sicher zu sein, loszulassen und doch... Er tat es, aber er musste seine Tasse nehmen, damit er nicht versuchte, die Hand wieder zu ergreifen. „Hast du sie verkauft?"

„Was?" Er dachte, dass Deryns Augen seiner Hand folgten, als sie sich zurückzog, aber das konnte wirklich alles sein. Ein Reflex oder...

„Die Skulpturen", erklärte Abel. „Hast du sie jemandem gegeben?"

Deryn schüttelte den Kopf, eine wilde Locke hüpfte dabei herum. „Nein, sie sind zu Hause."

Für einen Moment konnte er nichts sagen, weil er einfach nur fragen wollte. Kann ich mit dir mitkommen und sie anschauen? Und er hielt sich nicht selbst zum Narren, noch weniger...

„Na siehst du", schaffte er endlich. „Ganz leicht in Ordnung zu bringen."

Deryns Augen blinzelten zu ihm auf und sein Puls wurde wieder ein wenig wild. Aber er nickte einfach nur. „Ich werde sie nächstes Mal mitbringen", versprach er.

Deryn

E r sah nur, was er gerne als Wahrheit hätte. Seine kleine
Verliebtheit außer Kontrolle geraten zu lassen, weil Abel
für eine Minute seine Hand gehalten hatte, um ihn zu trösten,
als er aufgebracht gewesen war, als ob... Als ob er schrecklich
einsam wäre, was er war.

Abel war ebenfalls einsam und sogar tapfer genug, es
auszusprechen, und Deryn half ihm gerne, dem ein wenig
entgegenzuwirken. Er musste nur sicherstellen, dass die
bunten, herzförmigen Dekorationen ihn nicht kalt erwischten.

Es war natürlich besser so, denn wie sollte das überhaupt
funktionieren? Vielleicht war Abel nicht länger verheiratet,
aber das war er gewesen und Deryn... Deryn hatte es kaum
geschafft, seinen letzten festen Freund davon abzuhalten,
mitten während der Examenssaison an der Uni mit ihm
Schluss zu machen.

Neun Jahre mochten im Großen und Ganzen vielleicht
nichts bedeuten, Deryns Unerfahrenheit dagegen schon.

Obwohl er das wusste, war er dennoch nervös, Abel die
Skulpturen zu zeigen. Er hatte so lange gebraucht, sie zu
machen und wenn Abel nur etwas Höfliches darüber sagte, um
nett zu sein... Nun ja, es würde Sinn machen, weil Abel Holz
so wunderschön schnitzen konnte, dass die Menschen bereit
waren, Monate darauf zu warten und ein kleines Vermögen zu

bezahlen, um die Stücke zu bekommen. Was war ein Kolibri im Vergleich dazu?

Und es war so lange her, seit jemand nett gewesen *war*, und interessiert und sich die Zeit genommen hatte, mit ihm zu reden... Vielleicht wäre es nicht so schlimm, wenn das alles war, was er bekam.

Er öffnete die Schachtel und stellte den Deckel beiseite, hob den Blick nicht, als er die erste Skulptur herausnahm, die von einem einfachen Holzrahmen umgeben war. Nicht, bis Abel ein kleines Seufzen hören ließ.

„Oh." Abels Blick klebte an dem Objekt, das er hielt und seine große Hand war in Richtung des Rahmens ausgestreckt, schwebte in der Luft, während er starrte. „Das ist... Das ist *Papier*?", wollte er flüsternd wissen.

Deryn musste schlucken. Er stellte die Skulptur auf den Tisch zwischen ihnen, als ob Abels Aufmerksamkeit sich darauf richten und von ihm abwenden würde. „Nun ja, es sind auch ein paar Klammern und Kleber darin, aber sie besteht hauptsächlich aus Papier."

Abel schaute auf, seine Augen glänzten, als er fragte: „Darf ich?"

Diese Formalität verengte etwas in Deryns Brustkorb. Es war verrückt, so auf eine kleine Respektsbekundung zu reagieren, aber Abels ganzes Verhalten schien sich verändert zu haben. Es war zu viel für... Aber er würde sich nicht so viel Mühe machen, etwas vorzutäuschen, oder? Deryn versuchte, sich daran zu erinnern, ob er sich je die Mühe gemacht hatte, versöhnlich zu wirken und es nicht vollkommen und absolut klar gewesen war, dass es nur das war.

Er konnte es nicht. Abel war nicht subtil, weshalb Deryn wusste, dass die sanften Blicke und ständigen Besuche nicht das bedeuteten, was er gerne hätte. Nein, nicht wollte, nur... Jedenfalls war Abel nur freundlich und ein wenig einsam. Sein Kind wurde älter, sein Partner hatte ihn verlassen und er hatte nie irgendwelche Freunde erwähnt.

Als er ihn angeboten bekam, nahm Abel den Rahmen, als wäre er aus dem zerbrechlichsten Porzellan gemacht, seine Bewegungen langsam und bedächtig. Der Kolibri war nicht weiß, wie die Anleitung es vorgegeben hatte – Deryn hatte einfach nicht widerstehen können, etwas Farbe hinzuzufügen, nur ein wenig Orange an den Schwanzfedern und dem Kopf, aber es war dennoch nicht wirklich...

„Die Farbe gibt ihm Tiefe", meinte Abel. „Mann, wie lange hast du dafür gebraucht?"

„Äh, nun ja, es ist nicht... man hat den Bogen schnell raus, also vielleicht zwei Stunden."

Abel schüttelte den Kopf, wandte den Blick nicht von dem winzigen Papiervogel und obwohl er Deryn nicht ansah, vielleicht, *weil* er Deryn nicht ansah, zumindest nicht sein Gesicht, sondern etwas, das tiefer lag, etwas, das er *gewählt* hatte... Er stellte fest, dass er nicht sprechen konnte.

Er holte stattdessen das nächste Stück aus der Schachtel. Einen weiteren Vogel, einen Adler, nicht zierlich wie der Kolibri, sondern beinahe brutal und das hatte Deryn die meiste Sorge bereitet, als er ihn zusammengebaut hatte, dass er irgendwie diese Wildheit verlieren würde. Er war nicht ganz so wie das Original, aber er konnte diese Schärfe darin sehen und er war stolz auf den Krümel Gold – ein halbes Reiskorn, das er mit einem Marker gefärbt hatte – den er als Auge verwendet hatte.

„In dieser Ecke hat das Papier nicht das gemacht, was du wolltest", bemerkte Abel, klang überhaupt nicht wertend, stellte nur eine Tatsache fest. Als ob er sich wirklich vorstellte, dass das Papier einen eigenen Willen hatte.

Nicht, dass Deryn sein Material nicht schon verflucht hatte.

Vielleicht befand sich noch ein... Geist darin... wie in den Farnbäumen, sogar nachdem sie tot und zu Brei zermahlen und wieder zusammengesetzt waren...

„Ich glaube, dass ich wahrscheinlich den Knick nicht gut genug markiert habe", gab er zu.

„Mmm... das könnte sein. Er ist dennoch wunderschön und auf gewisse Weise macht es Sinn, ein Adler würde nicht einfach zulassen, dass du ihn bewegst, oder?" Er schaute mit einem Lächeln auf, das für einen erwachsenen Mann viel zu viel Schalk enthielt.

Deryn starrte ihn an, fasziniert und überwältigt und gerührt.

Er nahm ein weiteres Stück heraus, auch wenn es absurd war sich vorzustellen, dass sich selbst noch mehr zu entblößen ihm in irgendeiner Weise helfen könnte, sich *weniger* überwältigt zu fühlen.

Abel machte ihm Komplimente, nahm sich für jedes Stück Zeit, griff manchmal nach einem anderen Rahmen, um die Textur und die Dreidimensionalität zu vergleichen.

Deryn ließ ihn gewähren, er wusste nicht, was er sonst tun sollte. Keiner der Männer, mit denen er geschlafen hatte, hatte *ihn* je mit so viel Umsicht berührt. Und natürlich war es verrückt, er war nicht aus Glas oder Papier gemacht, an Ort und Stelle gehalten von ein wenig Klebstoff und seiner eigenen Leichtigkeit...

Aber er wollte es.

So unweise und hoffnungslos, wie er Abel wollte.

„Dieses hier ist wunderbar", sagte sein Freund, machte sich nicht die Mühe, die Freude in seiner Stimme zu verbergen. Warum sollte er? Jeder Künstler wollte, dass seine Arbeit gelobt wurde, sogar wenn ein Großteil dieser Arbeit von anderen kopiert war und nicht wirklich...

„Ich schließe daraus, dass du Wölfe magst?" Abels Augen leuchteten so sehr, dass Deryn bemerkte, dass die Sonne untergegangen war und er seit der Ankunft seines Gastes nichts korrigiert hatte.

Deryn nickte, zuckte mit den Schultern. „Wer tut das nicht? Sie sind wunderschön und ich liebe die Idee eines Rudels, Stärke in der Gruppe... Ich weiß nicht", fügte er hinzu. „Das ist wohl ein wenig romantisch von mir."

„Nein", sagte Abel. „Die Menschen könnten einige Dinge von Rudeltieren lernen", stellte er mit einem Lächeln fest, das Deryn nicht verstand, von dem er aber den Blick nicht wenden konnte.

„Ja", stimmte er zu. „Es wäre zum Beispiel schön, wenn die Leute an einem Ort bleiben würden. Alle meine Freunde aus der Schule haben die Stadt verlassen."

Abels Gesichtsausdruck wurde weich. „Kommen sie zu Besuch?"

„Nun ja, ja, ihre Eltern wohnen hier, aber es ist nicht dasselbe. Ich – Es war nicht so, wie ich es mir vorgestellt hatte, als ich mich hier für einen Job beworben habe."

Abels Lippen teilten sich, seine Zunge blitzte kurz hervor, aber dann schaute er wieder auf den Wolf. „Kehre niemals an einen Ort zurück, an dem du glücklich gewesen bist, richtig?"

„Ich nehme an, ich hätte auf die Ratschläge von Tassen aus Buchläden hören sollen", erwiderte Deryn sardonisch.

Es kam ein wenig scharf heraus, aber Abel schnaubte nur. „Du kannst die Weisheit von Porzellan nicht verleugnen", verkündete er.

Als er sich entschuldigte, um die Toilette aufzusuchen, war Deryn für die Atempause dankbar.

Dann fing er an, alles einzupacken, aber als der Wolf an die Reihe kam, stellte er ihn stattdessen beiseite. Vielleicht würde Abel ihn behalten wollen und das würde ganz sicher mehr Sinn machen, als ihn in seiner kleinen Wohnung aufzuhängen, die bereits mit seinen anderen Projekten vollgestellt war.

Abel

E r hatte sich darauf gefreut, einen weiteren Blick auf die Skulpturen werfen zu können, war aber nicht überrascht, dass Deryn sie weggepackt hatte. Er war daran gewöhnt, seine eigene Kunst zu verkaufen, und manchmal war es ihm immer noch ein wenig unangenehm, wenn eine andere Person sie betrachtete. Mittlerweile war er sich ziemlich sicher, dass Deryn seine Arbeit außerhalb des Internets niemandem gezeigt hatte, wenn überhaupt.

Natürlich konnte es auch daran liegen, dass es beinahe sechs war und Abel ihn vom Korrigieren abgehalten hatte, als er sich alle Skulpturen so genau angeschaut hatte. Wenn er so weitermachte, würden sie ihren Kaffee ausfallen lassen müssen.

Und dann machte er einen Schritt näher und etwas, das nicht Deryn war, erregte seine Aufmerksamkeit. Er drehte den Kopf. Die Wolf-Skulptur stand am Rand des Schreibtischs, sorgsam zufällig neben der bestickten Schachtel, in der Deryn sie mitgebracht hatte. Aber sie war die Einzige, die noch nicht eingepackt war.

„Was ist mit diesem kleinen Kerl?", fragte er, setzte sich wieder auf den Stuhl an der anderen Seite von Deryns Schreibtisch. Der Schreibtisch war ziemlich schmal und ihre Knie hatten sich ein paar Mal berührt. Und es gab für Abel keinen Grund, sich deswegen Gedanken zu machen, weil er nicht in einem viktorianischen Roman lebte.

„Oh, nichts", sagte Deryn sofort. Abel glaubte nicht, dass er wirklich in das Buch schaute, das offen vor ihm lag. „Es ist... Ich dachte, dass vielleicht..." Seine goldenen Augen schauten auf und er zuckte mit den Schultern, seine dunklen Wimpern strichen über winterblasse Haut. „Du kannst ihn haben, wenn du möchtest."

„Wirklich?", fragte Abel und es musste sich falsch angehört haben, weil Deryn sich versteifte, sein Herz einen Sprung tat. „Das würde ich liebend gerne!", fügte er hinzu, vielleicht ein wenig zu überschwänglich, aber er konnte nicht zulassen, dass Deryn sich vorstellte... Er wollte ihn wieder berühren, aber das wäre nicht... Er streckte die Hand stattdessen nach dem Geschenk aus, das ihm angeboten worden war. „Ich kann nicht glauben, dass du dich davon trennen willst. Du könntest sie verkaufen, weißt du?"

Deryns Augen kehrten zu seinem Gesicht zurück, immer noch vorsichtig, aber mit dem Anfang eines Lächelns. „Ein guter Nebenerwerb, um für die Pension zu sparen?"

Abel lachte, zu laut und zu lange, aber er konnte nicht aufhören. Seine Daumen waren fasziniert von der Textur des unbehandelten Holzes unter seinen Fingerspitzen und seine Augen labten sich am Glühen von Deryns Fröhlichkeit. „Man kann nie zu vorausschauend sein!", erklärte er, ahmte seinen Großvater perfekt nach, der auf die hundertfünfzig zuging und bei Rudeltreffen den Mund bezüglich der Gefahren, die von Menschen ausgingen, immer noch nicht ganz halten konnte.

Deryn fiel ein, kicherte.

„Du hast dich nicht bedankt", stellte er fest, als er sich beruhigt hatte, eine Augenbraue hochgezogen, um klarzumachen, dass es sich nicht um eine echte Ermahnung handelte.

„Meine Mutter wäre so enttäuscht", meinte Abel dramatisch, ließ sein Lächeln dann ziehen und griff nach Deryns Arm, bedeckt von Baumwolle und Wolle, aber immer noch warm von Leben unter seinen Fingern. Er drückte zu, nur einmal, ließ seine Finger aber dort ruhen, während er sagte: „Danke, Deryn, mir gefällt mein Valentinstags-Geschenk sehr gut."

Die Augen des anderen Mannes wurden groß und sein Herz pochte. Er wurde auch rot, was wegen seiner blassen Wangen schmerzlich offensichtlich war, wie die Pastellzeichnung eines kleinen Kindes, mit roten Lippen und dunklen Haaren, die Augen strahlend vor Freude.

Nur das natürlich nichts Unschuldiges oder Kindliches in der Art lag, auf die Deryn ihn jetzt anschaute, oder?

Abel hätte sich auf der Stelle vorbeugen können.

Und dann zog Deryn seinen Arm weg, stand auf. „Gern geschehen", sagte er ein wenig kurzangebunden. Erstaunlich. Vor einem Moment war er so glücklich gewesen, so...

Aber Abel konnte nicht fragen, oder? Man fragte nicht warum, wenn die Antwort Nein lautete.

„Ich sehe nach dem Schrank", verkündete er, als Deryn sich hinter den großen Schreibtisch am Ende des Raumes zurückzog, der tatsächlich für einen Erwachsenen bestimmt war, groß genug , dass ihre Knie sich darunter nie berührt hätten. „Das hatte ich schon eine ganze Weile vor."

Deryn hatte sich noch nie zuvor dorthin gesetzt, wenn Abel da war.

Deryn hatte keine Einwände und sobald er sich abwandte, gestattete Abel es seinen Augen, sich zu schließen und seinen Gefühlen, sich für einen Moment auf seinem Gesicht zu zeigen. Sobald er diese letzte Arbeit erledigt hatte, könnte er seinen nächsten Besuch vielleicht auslassen, sich selbst eine Pause gönnen oder...

Oder er könnte fragen. Wirklich zu fragen konnte nicht zu viel sein, oder? Nur dieses eine Mal, nur, damit er die Blicke und die Wärme und den plötzlichen Rückzug verstehen konnte.

Oder nicht, nur, damit er es *wusste*.

Er konnte mit Zurückweisung umgehen, das hatte er früh gelernt.

Er musste wirklich in Gedanken verloren gewesen sein, weil Deryns Stimme hinter ihm ihn so erschreckte, dass er einen Sprung machte, wobei sein Ellbogen direkt gegen das Regal hinter ihm stieß und den Inhalt auf ihn herabregnen ließ. Er biss die Zähne wegen des aufzuckenden Schmerzes zusammen. Und dann wurde er nach vorne gerissen und fort von dem Durcheinander aus Stiften und Kleber.

Als er blinzelte, lagen Deryns Hände um seine Handgelenke und der jüngere Mann schaute zu ihm auf, ohne dass sich eine Barriere zwischen ihnen befand. „Alles in Ordnung?" Aus der Nähe waren seine Wimpern dicht und sahen weich aus. Sein Herz schlug wild.

Genau wie das von Abel.

Die Hände um seine Handgelenke waren warm und zu klein, um ganz herum zu reichen, aber das war Deryn egal gewesen – er hatte nicht gezögert, ihn in Sicherheit zu bringen.

Abel zögerte ebenfalls nicht, brauchte keinen einzigen Gedanken, als er sich nach unten beugte und seinen Mund auf Deryns Wange presste, nahe genug an seinem Mund, dass es beinahe keine Rolle spielte. Er war weich und warm unter seinen Lippen, nur ein Hauch von Stoppeln, Deryns Atem stockte, seine Finger verstärkten ihren Griff.

Sein Mund teilte sich unter dem von Abel, eine Kettenreaktion, die nicht aufgehalten werden konnte, seine Zunge kam heraus, seine Hände kletterten nach oben, um seine Schultern nach unten zu ziehen, Abels Arme fanden ihren Weg um ihn herum und brachten ihn näher, beide taumelten sie ein wenig, fielen aber nicht – sie standen zu dicht beieinander, um zu fallen.

Deryn war leicht, konnte problemlos bewegt werden, als Abel nach vorne trat und ihn gegen die Tür presste, eine Bewegung, die so flüssig war, dass sie beinahe wie choreografiert erschien. Der nächste Schritt brachte Deryns Hüften nach oben, er wölbte sich in ihn, einladend und so begierig, dass Abel nicht sicher sagen konnte, ob er sein Knie nach vorne gedrückt oder Deryn es dorthin gezogen hatte. Das sanfte, atemlose Wimmern, das er dafür bekam, machte die Überlegung unwichtig.

Abel stieß wieder zu, saugte an Deryns Ohrläppchen, als er seine Kehle auf eine Weise entblößte, die den Wolf in Abel heulen ließ. Es war nicht dasselbe, es bedeutete nicht... aber es schien keine Rolle zu spielen, als Deryn heftig genug schauderte, dass Abels Finger sich instinktiv in seine Hüften gruben, um ihn festzuhalten.

Mit der Tür in seinem Rücken und Abel an seine Vorderseite geklebt, konnte er nirgendwohin und er zeigte keine Anzeichen, dass er wegwollte, seine Hüften kamen in engen kleinen Kreisen nach vorne, sein Gemächt war heiß und... Gott, *sein Geruch – salzig und würzig und so...* Abel stöhnte, zitterte in seinen Armen, als Deryn sich an seinem Oberschenkel rieb, trotz der Lagen an Kleidung brannte und auch noch hart war. Und Abel musste diese Feuchtigkeit *spüren*, seine Hitze...

Und dann, wie ein Schock für sie beide, schloss sich im Flur eine Tür zu laut und er zuckte zurück, fiel beinahe hin in seiner Hast, wegzukommen. *Was zur Hölle...?*

Deryns Augen, das Gold von seiner Erregung überstrahlt, trafen auf seine, benommen und wunderschön, mit zu vielen Emotionen darin, um festzustellen, was er fühlte. Seine Lippen waren röter als normal, eine Markierung, die Abel nicht hatte setzen wollen und der er beinahe nicht widerstehen konnte. „Es tut mir leid", sagte er, noch während er seine Fingernägel in seine eigenen Hände grub, um sich ruhig zu halten.

Die Worte waren wie ein Zauberspruch. „Oh, ich -" Deryn schaute sich um, richtete sich auf und trat von der Tür weg. „Das war..." Er schüttelte seinen Kopf, sah sich um, als ob er seine Fassung einfach nur verlegt hätte. „Unangemessen", meinte er schließlich.

„Ja!", stimmte Abel schnell zu. „Ich... Es tut mir leid", wiederholte er und versuchte es zu beweisen, indem er noch einen Schritt von Deryn fortmachte. Er fiel beinahe, als er gegen einen Schreibtisch stieß, weil er nicht ganz in der Lage war, den Blick abzuwenden.

Deryns Lachen schockierte ihn ein wenig. „Versuchst du dafür zu sorgen, dass ich dich wieder auffange?"

Abel schaute auf, sein Lächeln erblühte bereits. „Nein, ich würde denselben Trick nicht zweimal benutzen."

Deryns Lächeln wankte und er schluckte hörbar, zumindest für Abel. Er machte sich Sorgen und begegnete dennoch Abels Blick. „Wirklich...?"

Er ging nicht ins Detail, aber Abel begann zu denken, dass das keine Rolle spielte.

„Wirklich", sagte Abel einfach.

„Mr. Deryn?", rief jemand aus dem Flur und Abel machte instinktiv noch einen Schritt zurück, um ihn vorbeizulassen, obwohl sich bereits zwei Meter zwischen ihnen befanden. Deryn erwiderte den Gruß ein wenig zu fröhlich.

Es war jemand von den Reinigungskräften. Sie hatten nicht einmal geklopft, aber warum sollten sie? Deryn sollte die Hefte von Schülern korrigieren. Weil das hier eine *Schule* war. Abel hielt stoisch eine weitere Entschuldigung zurück.

„Ich bin hier fertig", verkündete er stattdessen, bot eine Ausflucht. „Sollen wir uns später über diesen Schreibtisch unterhalten?"

Für einen Moment antwortete Deryn nicht, doch als Abel den Mut für einen weiteren Blick fand, wurde ihm klar, dass es daran lag, dass er seine Lippen zusammenpresste, die Augen leuchtend vor unterdrücktem Lachen. „Sicher", brachte er hervor.

Abel nickte und wandte sich zur Tür, fühlte sich ein wenig, als würde er schweben.

Er befand sich für exakt fünfzehn Minuten auf Wolke Neun, dann, in seinem Auto, auf dem Weg zum Supermarkt, erinnerte er sich an eine kleine Tatsache: Deryn war ein Mensch. Er hatte schon Sex mit Menschen gehabt und das kümmerte niemanden allzu sehr, es sei denn, jemand wurde schwanger, aber eine Beziehung... Eine Beziehung bedeutete, dass er die Wahrheit sagen musste.

Die Wahrheit, die seine ganze Spezies seit Jahrhunderten streng hütete, um sich vor menschlicher Furcht zu schützen und seit Neuestem ihrer Obsession, alles aufzuschneiden, das sie interessierte, um zu sehen, wie es funktionierte.

Deryn würde niemals... Aber er glaubte nicht, dass selbst eine so offene Alpha wie Mary ihm gestatten würde, es zu riskieren.

Es sagte wahrscheinlich etwas über Abel aus, dass die einzige Person, von der er sich vorstellen konnte, mit ihr darüber zu sprechen, sein Ex war. Oder vielleicht sagte das etwas über Tristan aus.

Sex und Beziehungstherapie waren schließlich Tristans Job, auch wenn er vor allem Vorträge hielt, anstatt mit den Leuten einzeln zu sprechen. Er war auch die eine Person im Rudel, von der Abel sicher wusste, dass er ihn nicht für das, was er fühlte, verurteilen würde.

Die Einkäufe würden warten müssen. Einer der Vorteile, einen Teenager im Haus zu haben, war, dass sie sich ganz sicher nicht beschweren würde, wenn es zum dritten Mal in dieser Woche Tiefkühlpizza gab.

Tristan war verständlicherweise überrascht, ihn an dem einen Tag zu sehen, an dem er *nicht* da sein sollte, aber wie sich herausstellte, hatten Eve und Lyall gerade angefangen, zusammen eine Fernsehsendung über Grafikdesign anzusehen.

„Ich bin froh, dem zu entkommen", gab Tristan flüsternd zu, nahm seinen Arm und zerrte ihn ins Haus.

Auf dem Weg zu Tristans Studio-Apartment fing Abel die Geräusche eines schnellen Gesprächs auf – Eves Stimme fiel ihm trotz der Hintergrundgeräusche auf. Er fragte sich, ob Deryn und Eve...

Das Studio war auch das Schlafzimmer, in dem Abel geschlafen hatte, wenn er übernachtet hatte – keiner von ihnen war sich sicher, ob Eve gewusst hatte, dass sie manchmal Sex hatten, aber sie hatten klar machen wollen, dass absolut keine Chance bestand, dass sie jemals wieder zusammenkommen würden.

„Abel, was ist los?", erkundigte sein Freund sich und eine Tasse Tee schien sich vor ihm zu materialisieren.

Abel inhalierte tief. „Du weißt, dass ich erzählt habe, dass ich... mich mit jemandem treffe?"

Tristan gab einen bestätigenden Laut von sich.

Abel atmete aus. „Ich habe Eves Lehrer kennengelernt. Äh, Französisch- und Spanisch-Lehrer", erklärte er, als wäre das relevant. Tristan nickte, ließ die Stille aber andauern. „Er hat diese St. Valentins-Woche organisiert und es kam mir so dumm vor, so viel Zeit damit zu verschwenden, Papierherzen auszuschneiden und all das..." Er verstummte.

„Aber du mochtest ihn?", riet sein alter Freund.

Es war nicht viel, aber es half, in der Lage zu sein zu nicken.

„Er ist... er ist ein leidenschaftlicher Lehrer und kreativ, macht diese unglaublichen Skulpturen." Seine Finger zuckten und er wollte schon zu seinem Auto laufen, um den Wolf zu holen. Er zwang sich, auf seinem Stuhl zu bleiben und Tristans ruhigem Blick zu begegnen. „Und ihm gefiel das Experiment mit den Pflanzen bei Ikea, darum hat er es für eine Stunde benutzt. Und wir haben nur ein paar Mal Kaffee getrunken, aber..." Er presste seine Finger gegen seine Augenlider, verbarg sein brennendes Gesicht, so gut es ging. „Ich habe ihn geküsst. Habe mit ihm in seinem *Klassenzimmer* herumgemacht."

„Abel", schalt Tristan ihn. „Es ist nur... du hast aufgehört, oder? Weil Eve -"

„Oh Gott, fang nicht an!", bettelte er.

Tristan hatte Mitleid mit ihm. „In Ordnung, du hast also aufgehört", entschied er.

Abel nickte, schaute ihn aber nicht an.

„Aber er weiß es nicht."

Obwohl sie so offensichtlich waren, schienen die Worte durch ihn hindurchzuschneiden, scharf und unerträglich. Er schüttelte den Kopf, die Zähne zusammengebissen, sein Herz krampfte.

Tristans Hand landete auf seiner Schulter, drückte sanft zu. „Hey, keine Panik."

„Aber ich kann nicht -", fing Abel an, Furcht stieg mit einem Mal in seiner Kehle empor und er wusste nicht warum, weil er einem Menschen natürlich nicht erzählen konnte, was er war. Was *sie* waren, das ging gegen die Gesetze, die die Rudel schützten.

Vielleicht gab es keine Werwolfjäger mehr, aber jetzt gab es Wissenschaftler, die sie liebend gerne in einem Untergrund-Labor verschwinden lassen würden, um herauszufinden, was sie länger leben und langsamer altern ließ. Und wenn es nur um sein Leben gegangen wäre, hätte er –

„Shh", wies Tristan ihn an, kümmerte sich wie immer überhaupt nicht um seine Omega-Natur. Er umfasste Abels Wange und zwang sein Kinn nach oben. „Es gibt immer einen Weg."

Abel runzelte die Stirn. „Tristan, was für einen Weg? Es ist verboten, wie-"

„Abe." Tristans Griff verstärkte sich, seine Stimme wurde tiefer. „Ich habe nie -" Er senkte den Blick. „Ich weiß du denkst, dass ich nicht aufpasse, aber in den letzten Wochen warst du... glücklich, nehme ich an. Du lächelst immer. Nun ja, wenn du hier bist", schalt er sanft, zog an einer Strähne von Abels Haaren mit der Freude eines Mannes, der wusste, dass seine eigenen zu kurz waren, um in Gefahr zu sein. „Aber jetzt verstehe ich, was du getan hast. Ich glaube, dass ich dich seit Jahren nicht so glücklich gesehen habe, nicht seit..."

„Nicht seit wir Kinder waren?", warf Abel ein, begegnete seinem Blick voll. „Du kannst darüber reden, du weißt, dass ich es schon vor ewigen Zeiten überwunden habe."

„Aber es hat nie jemand anderen gegeben?", hakte Tristan nach.

„Du bist ziemlich schwer zu ersetzen", erklärte Abel ihm mit einem traurigen Lächeln. Er hatte es auch nicht sonderlich versucht. Es war nie möglich erschienen, künstlich zu erzeugen, was ihm zufällig in den Schoß gefallen war, als Tristan entschieden hatte, dass er Abel genug mochte, um sich in den Geschichtsstunden, die der erste Unterricht waren, den junge Wölfe erhielten, neben ihn zu setzen.

Und sogar nachdem es vorbei war, nachdem er verstanden hatte, dass es für Tristan nie so intensiv gewesen war wie für ihn, hatte *Abel* immer noch gewusst, wie es sich anfühlte, jemanden, den man liebte, an sich zu drücken und die Person über den Rand zu stoßen.

Er hatte sich durchgemogelt, aber er hatte sich nie wirklich vorgestellt, dass er das wiederfinden könnte.

Und wie konnte er wirklich wissen, dass er das hatte? Er kannte Deryn schließlich erst seit ein paar Wochen.

„Vertraust du ihm?", fragte Tristan.

„Ja." Die Antwort kam ihm über die Lippen, bevor die Frage aufhörte, in der Luft zu hallen. Er runzelte die Stirn. „Ich meine damit, er ist... er würde nicht... Er will den Leuten wirklich helfen. Er denkt ständig darüber nach, wie man die Dinge einfacher machen kann, interessanter. Er würden niemals etwas tun, das uns Schaden zufügen könnte."

„Dann solltest du es ihm sagen."

„Nur weil ich das möchte, heißt das nicht -"

„Eve", erklärte sein Ex ihm scharf.

„Was?"

„Eve ist minderjährig, wenn sie sich verrät und wir ihrem Lehrer die Wahrheit erzählen müssen, damit er sie nicht meldet, wäre das im Interesse des Rudels. Das ist schon vorgekommen", versicherte er Abel, als er nicht sofort zustimmte.

„Du willst, dass ich Eve benutze, um...?"

„Sie benutzen?", wiederholte Tristan gereizt. „Ich will, dass du sie *fragst*. Sie kann Nein sagen, aber ich sehe keinen Grund, warum sie das sollte. Ich will sie beschützen, aber sollte sie nicht wissen, dass wir darauf vertrauen, dass auch sie uns hilft, wenn wir sie brauchen? Das bedeutet ein Rudel."

Abel öffnete seinen Mund, aber er schloss ihn wieder, bevor er Tristan fragte, ob er sich absolut sicher war, dass es für sie kein Risiko gab.

Er war sich sicher, dass Tristan ihn nicht schlagen würde, aber das hieß nicht, dass Abel sich nicht bemühen sollte, es nicht zu verdienen.

Deryn

Deryn starrte ihn an, ganz formal angezogen stand er in seinem Klassenzimmer – die Tür war geschlossen, aber er war immer noch weit von der Stelle entfernt, wo Deryn an einem der Schülertische saß. Es war Freitag und trotz des Kusses, den sie geteilt hatten, hatte Deryn sich irgendwie selbst davon überzeugt, dass er eine Woche auf mehr warten musste.

Er konnte seine Augen nicht davon abhalten, den Linien des Anzugs zu folgen. Wenn ihn das ablenken sollte, dann funktionierte es.

„Ich habe deine Telefonnummer nicht", erklärte Abel mit einer Grimasse.

Deryn stand auf. „Oh, ich -"

Abel ließ ihn nicht ausreden. „Zunächst einmal, ich weiß, dass ich Mist gebaut habe."

Deryn spannte sich an, doch als er seinen Mund öffnete, hob Abel eine Hand und bat ihn so um Schweigen.

„Ich hätte dich auf gar keinen Fall hier küssen sollen." Er schüttelte seinen Kopf. „Das ist mir wirklich peinlich und mir ist klar, dass du deswegen hättest gefeuert werden können oder..."

Er verstummte und Deryn erinnerte sich mit einem Mal daran, dass *er* sich ebenfalls darüber Sorgen gemacht hatte.

Aber er hatte es vergessen, weil er über Abel nachgedacht hatte und den Kuss.

Es war entweder romantisch oder armselig.

„Ich habe dich auch geküsst", bemerkte er, weil er diese Ausflucht nicht annehmen würde. Er war ein Erwachsener und konnte mit seinen eigenen Fehlern umgehen.

„Ja." Abel schaute auf, seine Augen suchten in Deryns Gesicht nach einer Antwort, die Deryn nicht hatte. „Darum – Nun ja, ich hatte gehofft, wir könnten das hier richtig machen. Abendessen oder -"

„Ja", warf er ein, denn wenn er noch eine Sekunde länger warten musste, würde er explodieren.

Aber natürlich befanden sie sich *immer noch* an seinem Arbeitsplatz und er konnte nur starren, als Abels Augen sich weiteten.

„Hast du darum...?", fragte er, deutete auf Abels Kleidung, sobald er es geschafft hatte, genügend Speichel in seinem trockenen Mund zu bilden, um sprechen zu können.

Abel schaute an sich herunter, als ob er vergessen hätte, dass er überhaupt Kleidung trug, ganz zu schweigen von einem Anzug, der teuer aussah. „Äh, nun ja, ja", gab er zu und verdammt, Deryn hätte schwören können, dass er ein wenig errötete. Seine langen blonden Haare waren ebenfalls deutlich ordentlicher als sonst, fiel ihm auf.

„In Ordnung", sagte er erneut, unnötigerweise, aber es gab nicht viele Worte, die man sagen konnte, während man wie ein Irrer grinste.

„Es ist nur so..." Abel verlagerte sein Gewicht von einem Bein auf das andere, fühlte sich eindeutig unwohl. Deryn dachte nicht, dass es an dem Anzug lag. „Würdest du mit mir nach Hause kommen?"

Deryns Herz tat einen Sprung und andere Teile seiner Anatomie blieben nicht unbeeinflusst. Mit einem Mal war er dankbar, dass sich zwischen ihnen ein Möbelstück befand. „Äh, was?"

„Ich weiß, es ist – Nicht um -" Abel brach ab, schaute sich nervös um, als ob er erwartete, erwischt zu werden. „Ich muss dir etwas zeigen, bevor du Ja sagst."

„Ich habe bereits Ja gesagt", erinnerte Deryn ihn.

Aber Abels Gesichtsausdruck war beinahe schmerzerfüllt. „Darum musst du es erfahren."

Erst da kam Deryn in den Sinn, dass *er* Abel ebenfalls etwas zu sagen hatte. Er war so sehr damit beschäftigt gewesen, sich selbst davon zu überzeugen, dass der andere Mann für ihn unerreichbar war, dass er den sehr realen Grund vergessen hatte, warum viele Männer nicht...

„In Ordnung", beschied er Abel, noch bevor er ganz darüber nachgedacht hatte. Das war das Mindeste, was er tun konnte, wo er doch in der Vergangenheit schon die andere Seite dieses Gesprächs hatte führen müssen.

Abel

Deryn hatte zugestimmt, ihn zu begleiten und die Tatsache, dass er sein eigenes Auto genommen hatte, war auf gar keinen Fall ein schlechtes Zeichen. Tatsächlich war es so, dass Abel *wollte*, dass er in der Lage war wegzukommen, sollte er schlecht reagieren. Der Gedanken, jemandem Angst zu machen, der ihm etwas bedeutete, bereitete ihm Übelkeit und er hätte alles getan, um dafür zu sorgen, dass es so schnell wie menschenmöglich endete.

Menschlich. Würde Deryn ihn immer noch als Menschen sehen, sobald er es wusste?

Wenn sein Van ein Fahrrad gewesen wäre, hätte Abel es in der Auffahrt liegenlassen, sich nicht um die Wahrscheinlichkeit von Schnee im Februar geschert. Wie die Dinge lagen, blieb er vor seiner eigenen Auffahrt stehen und stieg aus, atmete erleichtert auf, als er Deryns blauen Seat Ibiza direkt hinter sich entdeckte. Es gab gerade genügend Platz, um das kleinere Auto neben sein eigenes zu stellen, wofür Abel seinem Kleinhirn und Deryns Fahrkünsten danken musste.

Deryn schaute heraus und musterte das Haus, sein Herzschlag beschleunigte sich. Das Haus befand sich direkt am Rand des Rudel-Territoriums, weil Abel hauptsächlich für Menschen arbeitete. Für ein Haus des Rudels war es nicht einmal sonderlich alt und Abel hatte es mit Freuden einer seine

Urgroßtanten abgekauft, als sie sich entschieden hatte, mit ihrem Bruder näher am Wald zu leben.

„Wow", sagte Deryn in den Wind. „Das ist... Du lebst allein?", fragte er nach.

„Nein, aber Eve ist bei Tristan", erklärte Abel.

Deryn zuckte zusammen. „Oh, natürlich, es tut mir leid, ich -" Er deutete auf das Gebäude. „Das ist... beeindruckend."

Sein Erstaunen brachte Abel zum Lächeln. „Komm rein." Er war immer noch nervös, aber es kam ihm in den Sinn, einen Witz darüber zu reißen, dass Deryn von seinen *anderen* Vorzügen sogar noch beeindruckter sein würde.

Er machte Tee, weil er Brite und es kalt war und in jedem Fall schien es deutlich weniger wahrscheinlich, dass jemand durchdrehte, während er eine beruhigende Kräutermischung bestehend aus grünem Tee und Fenchel trank – vielleicht war Abel auch ein wenig unheimlich, weil er diese Mischung gekauft hatte, nachdem Deryn sie zweimal hintereinander bei ihren Kaffee-Dates bestellt hatte. Er war sich ziemlich sicher, dass er sie jetzt als solche bezeichnen konnte.

Deryn schien von seiner Küche fasziniert zu sein, etwas, gegen das Abel nicht wirklich Einwände erheben konnte, da er jedes einzelne Möbelstück darin selbst gemacht hatte, aber jetzt war nicht die Zeit dafür. „Hör zu, ich – Ich muss dir etwas sagen. Ein Geheimnis", fügte er hinzu.

Das brachte ihm die Aufmerksamkeit des anderen Mannes ein. „In Ordnung, ich werde es nicht verraten." Sein Puls war ein wenig schnell, aber gleichmäßig.

Abel hätte um mehr bitten können, dass er schwor, er hätte versuchen können zu erklären, wie gefährlich dieses Geheimnis war... Aber Vertrauen war keine Gleichung.

Er schluckte und öffnete sich. „Ich bin ein Werwolf."

Deryns Gesicht erstarrte für einen Moment in einem mitleidigen Gesichtsausdruck, dann runzelte er die Stirn. „Ist das – versuchst du... das hier niedlich zu machen oder so?"

Abel schüttelte den Kopf. „Nein, ich meine es ernst. Ich kann es dir zeigen."

„E-es mir zeigen?" Er schnaubte, aber anstatt aufzustehen und sich aus dem Staub zu machen, nahm er einen langen Schluck aus seiner Tasse, was vielleicht ein stärkerer Instinkt war als alles, was der Mond Abels Volk aufgebürdet hatte. „In Ordnung, weißt du was? Zeig es mir."

Abel stand auf, ein wenig hin- und hergerissen, nicht weil... Nun ja, nicht, weil es ihm etwas ausmachte, dass Deryn ihn in Fell sah, es sei denn, es stellte sich heraus, dass es *Deryn* etwas ausmachte.

Er leckte sich die Lippen, schaute zu Boden. Warum zur Hölle hatte er seinen einzigen Anzug angezogen? „Ich muss mich ausziehen", erklärte er.

Das brachte Deryn dazu, in Gelächter auszubrechen, und Porzellan klickte gegen die Untertasse auf eine Weise, dass seine Urgroßtante wahrscheinlich deswegen ausgeflippt wäre.

Abel konnte jedoch seinen Standpunkt verstehen, unter den Umständen.

„Sicher", brachte Deryn hervor, schluckte schwer und rieb sich die Augen, als würde er tatsächlich Tränen wegwischen. „Es ist nicht so..." Er biss sich auf die Lippe und gestikulierte an Abels Körper entlang. „Es ist nicht so, dass es mir etwas ausmacht."

Es gab zwei Möglichkeiten, das hier zu erledigen – schnell oder langsam. Abel zog seine Anzugjacke sorgfältig aus, aber es war unmöglich, nicht zu bemerken, wie still und aufmerksam Deryn geworden war, wie sein Puls sich beschleunigte, sein Geruch intensiver wurde.

Also schnell.

Er ignorierte Deryns kleines Keuchen, als er schneller wurde, als es für einen Menschen möglich wäre, sich ganz auf die Aufgabe konzentrierte.

Als er den Blick hob, so nackt, wie er physisch werden konnte, hatte Deryn eine Hand über die Augen gelegt. Er atmete auch ein wenig zu schnell für jemanden, der saß und sein Geruch war... *gefährlich* geworden, das war das Wort, denn in diesem Moment konnte Abel sich nicht nehmen, was angeboten wurde, nicht unter falschen Vorgaben.

Er zog in Erwägung ihn zu bitten zuzusehen, aber er war sich nicht sicher, ob *er* es ertragen konnte.

Als er rief, kam der Wolf sofort, freudig und aufgeregt. Er hatte Deryn seit Ewigkeiten ordentlich beschnuppern wollen und sobald das Fell ganz gewachsen war – schnell genug, dass ein Mensch es wahrscheinlich nicht bemerkt hätte, nicht einmal einer, der wirklich zusah – stellte Abel fest, dass er selbstbewusst vortrat und Deryns Knie liebkoste.

Deryn erschrak, fiel beinahe vom Stuhl. Seine Augen waren größer als Suppenteller und sein Herz klang wie Zimbeln in Abels Wolfsohren. „Oh verdammt."

Abel rieb seine Wange an Deryns Oberschenkel in einer Geste, von der er hoffte, sie wäre tröstlich. Sein Geruch war hier am stärksten.

„Abel?" Deryns Stimme war sehr leise, aber Abel schaute sofort auf. „Wenn das hier ein Streich ist, muss ich sagen..." In seinen Augen standen Tränen und Abel konnte ein Wimmern nicht unterdrücken, seinen Gefährten so zu sehen, zu... Er warf sich zurück, bewegte sich nicht, sondern rollte sich nach vorne ein, als die Verwandlung ihn erneut überkam. Es schmerzte ein wenig, wie ein Muskel, der zu viel benutzt worden war und dann keuchte er zu Deryns Füßen.

„Verdammt und zugenäht", flüsterte Deryn, als ob man ihn nur aus seinem Klassenzimmer holen musste, um ihn dazu zu bringen, wie ein Seemann zu fluchen (und ihn mit der Existenz übernatürlicher Kreaturen bekannt machen, aber wie auch immer). Abel wollte gerade etwas sagen, sich vielleicht noch einmal entschuldigen, als er Deryns bewegliche Finger auf seinem Kopf spürte, die seine Haare entwirrten, ihn sanft streichelten. „Geht es dir gut? Tut es weh?"

Abel hob seinen Kopf, langsam genug, dass Deryn ihn nicht losließ. „Nicht..." Er hustete ein wenig, schluckte schwer, irgendwie hatte er Haare in seinen Mund bekommen, natürlich. „Normalerweise nicht, habe es zu schnell gemacht."

Deryn musterte ihn, als ob er ihn noch nie zuvor gesehen hätte, was nicht das war, was Abel von ihm wollte. Aber wenigstens war er immer noch hier, oder? Sein Daumen fühlte sich wie ein Brandmal auf Abels Kopfhaut an und es war schwer, nicht dagegen zu stoßen und um mehr zu betteln.

„Du bist ein Werwolf", erzählte Deryn ihm beinahe ruhig.

„Ja", bestätigte Abel, schluckte. Er fing an, sich ziemlich nackt zu fühlen, und seine Küchenfliesen waren nicht wirklich bequem, aber auf gar keinen Fall würde er irgendwelche plötzlichen Bewegungen machen.

Deryns Blick ging an ihm vorbei. „Eve auch?", fragte er nach. „Tristan?"

Abel schwieg. Es war offensichtlich, oder nicht? Aber er konnte es nicht sagen, nicht wenn...

Der Mensch, der sein Herz nicht zu heftig schlagen hören oder seine Furcht riechen konnte, reagierte irgendwie dennoch entsprechend. Seine Hand auf Abels Haaren hielt inne, blieb aber dort und er beugte sich vor, stoppte erst, als Abel zu ihm aufsah und seinem Blick begegnete. „Ich bin nicht... Ich habe *versprochen*, dass ich es niemandem erzählen würde. Ich habe nur – Ich versuche -“ Er verstummte. „Warum erzählst du mir das? Ist das nicht gefährlich oder...?“

„Illegal“, erklärte Abel. „Nach den Rudelgesetzen.“

„Oh.“ Deryn nahm seine Hand fort, aber einen Moment später machte er es wieder gut, indem er Abels Ellbogen packte und ihn nach oben zog. „Steh auf, das kann nicht bequem sein und-“ Er stotterte ein wenig, als Abel es in die Vertikale schaffte, sich vielleicht daran erinnerte, dass er nackt war, aber er neigte lediglich den Kopf zur Seite und fuhr fort: „Vielleicht solltest du dich anziehen.“

Deryn

Von all den sehr seltsamen Dingen, die er über die Welt gelernt hatte, nahm das hier zweifellos den Spitzenplatz ein. Andererseits, wenn er diese Dinge danach einstufte, wie sehr er wollte, dass sie Wirklichkeit waren, würde es auch dort unzweifelhaft ganz oben stehen. In einer Welt mit schnell ansteigenden Meeresspiegeln, mit Menschen, die einander wegen Steinen umbrachten und sich nicht darum kümmerten, dass andere verhungerten, während sie selbst genügend Lebensmittel wegwarfen, um darin zu ertrinken, gab es anscheinend auch Undercover-Werwölfe.

Unter Millionen anderen Dingen, über die nachzudenken zu schrecklich für jeden war, der etwas anderes tun wollte, als sich zu einem Ball zusammenzurollen und zu weinen... War das hier wunderschön, elegant, *magisch*.

Deryn glaubte nicht an Magie, nur dass Deryn natürlich an Beweise glaubte.

Und er glaubte an Abel, wurde ihm klar, als der andere Mann mit bequemer Kleidung zurückkehrte. Der Anzug hing immer noch zusammengelegt über der Stuhllehne, sowohl vergessen als auch eine sehr teure und unpassende Erinnerung an das, was geschehen war.

Abel, der nicht nur wunderschön und rücksichtsvoll und lustig war, sondern auch anscheinend manchmal den Mond anheulte.

„Du bist noch da", bemerkte Abel.

„Du bist noch ein Werwolf", gab Deryn zurück, warf einen bedeutungsschweren Blick auf die gefaltete Kleidung, aber seine Augen wurden beinahe sofort zu dem Mann gezogen, der sie getragen hatte. „Gibt es Meerjungfrauen?" Er hätte nicht sagen können, wie sein Gehirn dorthin gesprungen war, aber vielleicht hatte er in zu kurzer Zeit zu viele Überraschungen erlebt, weil es direkt aus seinem Mund sprudelte.

„Was?" Er zog eine gewisse Befriedigung aus Abels Verwirrung, das konnte er zugeben.

„Ich will dich nicht beleidigen", fügte Deryn hinzu. „Aber wenn es Werwölfe gibt, sollte es auch Meerjungfrauen geben."

„Ähh... Ich weiß nicht. Warum?"

„Und Vampire, aber ich will nicht unbedingt welche kennenlernen", erklärte Deryn. „Ich meine damit, wenn man annimmt, dass es Magie oder das Übernatürliche oder was auch immer gibt, dann würde es keinen Sinn ergeben, wenn nur ein Teil davon wahr wäre."

Abel neigte den Kopf, lachte ein wenig hysterisch. Deryn war selbst in Versuchung. „Warum? Nur weil die Wissenschaft herausfindet, dass bestimmte Dinge wahr sind, heißt das nicht automatisch, dass alles, was die Wissenschaft theoretisch postuliert wahr sein muss, oder?"

„Das stimmt wohl, aber ich stimme trotzdem für die Meerjungfrauen", beharrte Deryn. Er atmete aus und streckte seine Hand mit der Handfläche nach oben in Abels Richtung. Es war natürlich absurd, nervös zu sein, der Mann hatte sich vor ihm im wahrsten Sinne des Wortes als magische Kreatur geoutet.

Abel zog ihn mit Leichtigkeit auf die Füße. Deryn war sich nicht sicher, ob er übernatürlich stark war oder nur... „Ich werde sehen, ob ich welche für dich finden kann", bot Abel an.

Deryn klammerte sich an seine Hand, senkte den Blick und schluckte. „Ich meine, ich glaube... es ist keine große Sache." Er lachte, denn zur Hölle, es war eine *Erleichterung* ausnahmsweise derjenige mit einem Geheimnis zu sein, das nicht wichtig war. Zumindest war er sich ziemlich sicher... „Ich bin trans", spuckte er aus.

„Oh, das habe ich mir gedacht", sagte Abel und Deryn versuchte, einen Schritt zurückzumachen, und stellte fest, dass Abels anderer Arm um seinen Rücken lag. Er spannte sich verwirrt an. „Aufkleber!", fügte Abel hinzu, zu schnell und auch zusammenhangslos genug, dass Deryn den Blick zu ihm hob. Der Mann war so groß, dass er seinen Kopf zur Seite neigen musste, um es zu schaffen, aber das war es wert. „Du hast einen Aufkleber in deinem Tagebuch? Rosa und hellblau?"

„Oh", sagte er. „Ich könnte einfach nur... ein Unterstützer sein."

„Die Sache ist die..." Abel seufzte und sein Griff lockerte sich, was *nicht* das war, was Deryn wollte. Wenn Abel nicht dachte... Wenn Abel es wusste und ihn weiter halten wollte, dann sollte er das tun. Aber Abel ließ nicht los, ließ nur seine linke Hand an Deryns Taille ruhen, ein Hinweis auf Nähe. Deryn hielt immer noch die andere – groß, aber beinahe haarlos – in seiner eigenen. „Sogar wenn ich in Menschenform bin, kann ich... nun ja, kann ich Dinge erkennen, sie hören

und..." Deryn schaute genau rechtzeitig auf, um zu sehen, wie
Abels Adamsapfel hüpfte, als er schluckte. „Und sie riechen."

„Du weißt es also einfach", sagte er und es klang flach.
Er hatte härter daran gearbeitet als je an einer Skulptur und
natürlich hatte Abel es gleich durchschaut.

„Hey", Abel zog ein wenig an seiner Hand. „Ich habe es
am Anfang nicht gewusst. Ich glaube nicht, dass Eve es weiß",
fügte er schnell hinzu. „Aber das bist *du*. Du musst bemerkt
haben, dass ich schaue, oder? So habe ich auch den Aufkleber
gesehen, ich habe nur... Ich konnte den Blick nicht abwenden."
Seine Hände waren zu bewegungslos, als ob er sich zwang, sich
nicht zu bewegen.

Er hatte nicht einmal halb so nervös gewirkt, als er ein
riesiger weißer Wolf gewesen war.

Abels Finger zuckten, aber er versuchte nicht, Deryn
aufzuhalten, als er einen Schritt rückwärts machte. Er hatte
den Stuhl, auf dem er vor wenigen Minuten gesessen war,
vollkommen vergessen, darum fiel er beinahe um, als Deryn
dagegen stieß und riss ihn mit sich. Sofort war Abel wieder
auf den Knien, die Hände zu beiden Seiten des Stuhls, die
Ellbogen fest, damit er Deryn an Ort und Stelle halten konnte.
Deryn blinzelte ihn von seinem Sitz aus an. Er hatte nicht
wirklich Zeit gehabt, Angst zu bekommen. „Ist das auch ein
Werwolf-Ding?"

„Was?"

„Die Angriffe der Möbel."

Abel schnaubte, schüttelte den Kopf. Er stand nicht auf,
wartete einfach nur und es war unmöglich, ihn genau dort zu
sehen und sich nicht daran zu erinnern, dass er vor weniger als
einer halben Stunde *ein Wolf* gewesen war.

Deryn wollte seine Haare berühren, die ein wenig zerzaust waren und sehen, ob sie jetzt ebenso weich waren wie an dem Wolf. Und vor zehn Minuten, als Abel zu seinen Füßen gekniet war wie eine Art flehender Ritter... nackt.

Er schüttelte den Kopf, schnaubte. Hier stand er, mit einem wunderschönen Mann, der seine Zuneigung verkündete und er machte sich Sorgen darum, ob er bei Werwölfen ankommen würde. „Und es... ist dir egal?"

„Egal?", wiederholte Abel und runzelte die Brauen, was Deryn nur darum erkennen konnte, weil er ihm so nahe war, weil seine Augenbrauen blond genug waren, dass man sie schwer sehen konnte. Vielleicht war Abel einfach dazu verdammt, fröhlich zu sein, weil er keinerlei sichtbare Möglichkeiten hatte, ungnädig auszusehen. Deryn fand seine Hand an Abels Kiefer, sein Daumen versuchte, die dünnen Haare seiner Augenbrauen zu glätten.

„Es ist dir egal, wie ich... wie ich aussehe?"

„Mir *gefällt*, wie du aussiehst", versicherte Abel ihm, legte seine Hände zögerlich auf Deryns Knie. „Und ich hatte gehofft, mehr zu sehen, wie in, jetzt gleich -"

Seine Lippen bewegten sich noch, als Deryn ihn in den Kuss zog, aber er schmolz sofort, ließ einen Laut, der sehr einem Wimmern ähnelte, hören, als Deryn an seiner Zunge saugte, *endlich* in seinen Mund leckte. Er schmeckte nach Tee, sein Mund heiß und feucht, seine Finger gruben sich ein wenig zu heftig in Deryns Oberschenkel, als ob er vergessen hätte, vorsichtig zu sein.

Abel war um einiges größer als er, was praktisch war, als Deryn sich ein wenig zu weit vorbeugte und sie das Gleichgewicht verloren, zu Boden fielen. Sogar mit Abel, der als Kissen agierte, hielt Deryn inne, aber sein Liebhaber schien ihren Fall gar nicht mitbekommen zu haben, war zu beschäftigt damit, einen Pfad aus Küssen an Deryns Kiefer entlang zu ziehen, der ihn schaudern ließ.

Als er sie herumdrehte und Deryn an der Reihe war, auf dem Boden zu liegen, lehnte er sich zurück, drehte sich aus dem Kuss, als würde er sich eine Gliedmaße ausreißen. „Abel!", keuchte er.

Der andere Mann erstarrte, wich zurück, um seinem Blick zu begegnen.

„Bett?", schlug Deryn vor, noch während seine Finger über Abels Lippen strichen.

Abel kniff die Augen zu, schauderte an ihm und Deryns Hüften stießen nach oben, er kümmerte sich nicht um die Unbequemlichkeit, als –

Die nächsten Sekunden verschwammen, als Abel seine Geschwindigkeit nutzte, um, wie Deryns Gehirn irgendwann erkannte, sich mit Deryn in seinen Armen auf seinen eigenen Rücken zu rollen, dann auf die Füße zu springen und sich hinzustellen. Als sie wieder vertikal waren, gruben sich Deryns Nägel in die entblößte Haut an Abels Hals und seine Beine hatten sich um Abels Taille geschlungen, der Druck an seinem Gemächt reichte aus, um ihn selbst ohne die Bemühungen des Werwolfs doppelt sehen zu lassen.

„Äh, alles in Ordnung?", fragte Abel nach.

Und Deryns Lachen war ein wenig hysterisch, sicher, aber wer konnte ihm das zum Vorwurf machen? Er erstickte es an Abels Mund, küsste ihn hart genug, um klar zu machen, dass er jederzeit wieder beschleunigen konnte.

Irgendwie schafften sie es in das Schlafzimmer. Es standen Kerzen herum, aber das kümmerte Deryn nur, weil er eine beinahe umwarf. Abel legte ihn auf dem Bett ab, als wäre er aus Porzellan gemacht – oder Papier – und Deryn seufzte an der weichen Decke, schlüpfte aus seinen Schuhen und stöhnte leise. Er musste seine Augen geschlossen haben, denn als er wieder zu Abel schaute, war dieser erneut nackt. Stand einfach nur am Fuß des Bettes in all seiner Herrlichkeit, die Haut überall gleichmäßig gebräunt, mit Haaren, die dunkler wurden, wo sie an seinem Brustkorb nach unten zu seinem Gemächt wanderten, als wollten sie den Blick zur krönenden Herrlichkeit seines Schwanzes führen.

Deryn lief das Wasser im Mund zusammen, sogar als sein Gehirn nicht anders konnte, als zu katalogisieren.

„Deryn?", fragte Abel leise und er schaute mit sich rötenden Wangen auf. „Kann ich dich sehen?"

Er schluckte. Es war... Es war in Ordnung, offensichtlich. Abel *wusste* es, erinnerte er sich selbst. Vielleicht nicht die Einzelheiten, aber... Er nickte und stützte sich in eine sitzende Position, zog sein Hemd über seinen Kopf, gestattete sich das Zögern nicht.

Abel seufzte, machte einen Schritt näher zum Bett und legte seine Fingerspitzen auf Deryns linken Bizeps. „Wir rücken eine Menge Schreibtische, nicht wahr?", neckte er, umfasste den Muskel. Seine Hand war heiß und ein wenig schwielig, aber so vorsichtig. Deryn schauderte, neigte seinen Kopf nach hinten, um zu sehen, wie die Emotionen über Abels Gesicht flackerten.

Abels Knie landete auf dem Bett zwischen dem V seiner eigenen Beine und er beugte sich vor und setzte einen zärtlichen Kuss auf die Spitze von Deryns Schlüsselbein, brachte ihn zum Schaudern. *Schneller*, wollte er sagen. *Tu es einfach*. Aber als Abels Küsse an seinem Brustkorb nach unten wanderten, seine andere Hand seinen Oberschenkel nahe genug an Deryns Schwanz drückte, um die Entfernung schmerzhaft zu machen, stellte er stattdessen fest, dass er sich entspannte.

Abel liebkoste Deryns Kiefer, schaffte es irgendwie, seine Nase so zärtlich über die Linie seiner Kehle zu ziehen, dass Deryns Gehirn zu stottern schien und sein ganzer Körper sich aufwölbte, nach mehr suchte. Er lag auf seinem Rücken, wurde ihm klar und er war sich nicht sicher, wann er in diese Position gekommen war. Nicht, dass es ihn kümmerte, nicht, wenn Abel über ihm war, ihn mit einer Hand an seinem Bauch kitzelte, als er mit den Fingernägeln an der Grenze seiner Hose entlangfuhr, ein Daumen seinen Nippel umkreiste, die schwere, solide Hitze seines nackten Oberschenkels gegen die Außenseite von Deryns bekleideten Beinen presste.

„Kann ich?", flüsterte er, drückte den Knopf seiner Stoffhose so neckend gegen die Haut seines Bauches, dass sein Schwanz zuckte. Deryn stöhnte, erinnerte sich mit einem Mal daran, dass seine Hände frei waren, und hob eine an, um an Abels Ellbogen zu ziehen.

Die Nachricht kam an, aber Abel ignorierte seine Dringlichkeit, öffnete den Knopf und rieb die Haut darunter, als ob sie beruhigt werden musste. Deryn stöhnte, als das Gefühl nach unten schoss, dafür sorgte, dass er seine Hüften aufwölbte, um zu versuchen... Abel atmete aus, heiß und nass und nahm sich erneut seinen Mund, ein flüssiger Kuss, der wie ein Tsunami an Bewegung gewann, bis er auf Deryn lag, ihre Brustkörbe sich aneinander rieben und Abels Hintern sich auf seine Knie presste, wo er auf ihm saß, aber nicht dort, wo Deryn ihn am meisten brauchte. Verdammt sollte ihr Größenunterschied sein!

„Abel", flüsterte er, heiser und so offen begierig, dass er errötet wäre, wenn sein Gesicht nicht so erhitzt gewesen wäre, wie es nur irgend sein konnte.

„Oh, ja", antwortete Abel, klang genauso atemlos.

Deryn biss sich auf die Lippen, um sich nicht zu beschweren, als sein Mund verlassen wurde, während sein Liebhaber nach unten kroch. Es war es wert, weil der Reißverschluss nach unten gezogen wurde, die Luft hereinließ und ihn dazu brachte, sich zusammenzuziehen als Abel einen hungrigen Laut von sich gab.

Er war nicht bereit für den Druck eines Kusses an seinem Schwanz, nicht einmal durch die Baumwolle und er wimmerte, seine Hüften zuckten nach oben.

Abel stöhnte. „Oh Göttin, du riechst...", wenn er hatte mehr sagen wollen, verpasste Deryn es, als er einen härteren Kuss auf seine Erektion drückte, seine Zunge mit einbezog und die Unterhose nass machte.

Es war so erotisch, dass es ihn nicht überraschte zu erkennen, dass seine rechte Hand sich in Abels Haare krallte, um ihn an Ort und Stelle zu halten. Nicht, dass Abel den Eindruck erweckte, er müsste atmen. Er wechselte zwischen Lecken und Saugen, seine Hände umfassten Deryns Hintern und ermunterten ihn, zu stoßen.

Abel bat nicht um Erlaubnis, seine Unterhose nach unten zu ziehen und von einem Moment zum anderen war sein Mund auf *Deryns Schwanz*. Er wölbte sich auf, schrie, als sein

Körper Funken sprühte, sein Schwanz hüpfte, er sich hart um die Leere schloss.

Als sein Gehirn wieder in der Lage war, seine Zehen von seiner Nase zu unterscheiden, spürte er, wie Abel an seiner Hüfte keuchte, seinen Körper unter strenger Kontrolle über ihm hielt.

Deryn zog an seinen Haaren. „Kondom?" Seine Stimme war brüchig, aber er konnte nicht aufhören zu lächeln.

Abel fiel beinahe vom Bett, um sein Nachtkästchen zu erreichen. Mit immer noch klingelnden Ohren drehte Deryn den Kopf, um ihm zuzusehen, stieß dabei seine Unterwäsche und seine Hose von sich. Es brannten ungefähr eine Handvoll Kerzen in kleinen Glaslampen in dem Raum. Hatte Abel sie hingestellt, als er sich angezogen hatte?

Er vergaß, darüber nachzudenken, als Abel sich umdrehte und diesen Trick, wo er seine Hände mit der Vorspultaste bewegte, vollführte, bis das Kondom sich ein wenig um seine massive Erektion zu dehnen schien.

Deryn konnte es nicht *erwarten*, ihn in sich zu haben.

Die Flasche mit dem Gleitgel erschreckte ihn ein wenig, denn ein Teil von ihm hatte gewollt... Aber natürlich war das nicht das, wofür Abel sich angemeldet hatte.

„Deryn?" Sein Liebhaber hielt inne, kniete erneut über ihm, sein harter Schwanz stand in heftigem Gegensatz zu seinem sanften Gesichtsausdruck. „Geht es dir gut?"

Er bot ihm ein zittriges Nicken. „Ja, ich kann mich umdrehen."

„Bitte nicht." Abel biss sich auf die Lippe. „Ich meine, ich weiß, dass ich..." Er deutete an sich selbst hinunter. „Machst du dir Sorgen? Wir müssen nicht -"

„Mache ich mir nicht", schnitt Deryn ihm das Wort ab. „Ich kann dich aufnehmen, großer Wolf", fügte er hinzu. Er wünschte sich, Abel hätte statt der Kerzen das Kondom vorbereitet, nur damit sie nicht so viel reden mussten. Abel hatte es ohne Reden sehr gut gemacht und was auch immer er tun würde, würde wunderbar sein, Deryn wusste es einfach, darum –

„Willst du mich nehmen?", fragte Abel vollkommen ernst. „Weil es noch andere Dinge gibt, die wir tun können, wenn -"

„Nein", sagte Deryn sofort, streckte die Hand aus und zog an seinem Unterarm. Abel gab nach, kroch näher und Deryn streckte seinen Hals, bis er ihre Münder wiedervereinigen konnte. Küssen war einfach, es brauchte keine Worte und es waren auch keine Worte möglich, abgesehen von ein paar gekeuchten Silben. Und ihre Körper folgten, Abel brachte ihre Hüften auf eine Linie und faltete sich, um in seinen Mund lecken zu können. Sein Schwanz war eine Linie aus Hitze, die viel zu sanft an Deryns Seite entlangstrich. „Abel", bettelte er. „Bitte, mach einfach..."

Abels Hand verließ seine Hüfte und wanderte seinen Bauch nach unten, bis er Deryns Schwanz fand, ihn gerade lange genug liebkoste, damit er wieder hart wurde. „Deryn?", sagte er und Deryn sah auf in die Augen seines Liebhabers, gerade als Abels Finger weiter nach unten geisterten und seine Öffnung fanden. Er zog sich zusammen, feucht und heiß und so... Abel beobachtete ihn immer noch, als seine Augen sich flatternd öffneten und er wandte den Blick nicht ab, als die Spitzen in die Hitze von Deryns vorderem Loch tauchten.

„Oh." Deryn atmete aus, zog sich zusammen. „Abel..."

„Gut?", fragte sein Liebhaber nach, gab ihm ein wenig mehr und nahm es dann wieder zurück.

Deryn grub seine Nägel in Abels Unterarm und schob seine Hüften nach oben. „Ja!"

Abels Finger mochten nicht so dick sein wie andere Teile seiner Person, aber zwei von ihnen in sich zu haben war eindeutig ein guter Anfang. „Oh mein Gott, du bist so feucht...", murmelte er. Und das war seltsam, dachte Deryn, oder das hätte es sein sollen, aber Abels Finger krümmten sich genau richtig, als ob er –

Deryn wimmerte und zog, bis Abel seinen Finger herausnahm. „Fick – *fick mich* einfach nur, ich kann nicht – Tu es", verlangte er, schaute dabei auf.

Abels Lippen waren geteilt und seine normalerweise leicht gebräunte Haut war dunkel vor Röte. Er nickte, sah betäubt aus.

Deryn rollte sich halb und nahm das Gleitgel, drückte es dann über seinem eigenen Gemächt zusammen. Er war feucht, aber sogar damit war Abel groß und er konnte keine Sekunde länger warten.

Er keuchte ein wenig wegen der kalten Flüssigkeit auf seinem Schwanz, aber es half ein wenig dagegen, dass er einem weiteren Orgasmus so nahe war, und machte es einfach, eine Handvoll zu nehmen, sie zwischen seinen Handflächen zu reiben und sich Abels wunderbare Erektion zu schnappen, sie mit genügend Gleitgel zu bedecken, um sie durch eine feste Mauer zu bringen.

Abel zuckte ein wenig in seinem Griff, erhob aber keine Einwände.

„Ich bin bereit", verkündete Deryn, ließ ihn los und legte eine Hand zwischen seine eigenen Beine, genau dorthin, wo Abels Finger gewesen waren. Sein Herz stand kurz davor zu explodieren, aber es war einfach... Er musste zumindest *fragen*.

Abels Blick zuckte nach unten. „Langsam", warnte er, aber das war alles an Zögern, was er zeigte, bevor er seine Hände unter Deryns Knie legte und ihn ein wenig weiter öffnete. Deryn entspannte sich auf seinem Rücken, vertraute seinen Körper seinem Liebhaber an und spürte, wie Abels Schwanz gegen seinen eigenen stieß, dann näher zu der Stelle kam, an der er ihn brauchte. Sogar nur die Eichel schien zu viel zu sein, doch als er einatmete, hieß sein Körper ihn willkommen, ließ Abel ein.

„Deryn." Abels Flüstern war halb schmerzliche Bitte, halb Gebet. „Oh meine Göttin, Deryn, du -" Er sank einen weiteren Zentimeter ein, war groß genug, dass Deryns Körper Widerstand leistete. Abel hielt inne, gab ihm Zeit und stieß dann zärtlich ein wenig tiefer. Und Deryn ließ es zu, gestattete es sich selbst, berührt zu werden, innen und außen. Abels Hände wanderten an seinen Oberschenkeln auf und ab, als ob er sie später in einer Skulptur verewigen wollte, sein Mund verteilte Küsse an Deryns Brustkorb nach unten, sobald er nahe genug war, um ihn zu erreichen – liebkoste Nippel und Narben mit gleicher Hingabe – und seine Stimme, sanft, aber ruhig, drückte Versprechen aus und Kosenamen und Dankbarkeit, die sich fehl am Platze anfühlte, wo Deryn sich doch fühlte, als würde er von innen angezündet.

So unmöglich es auch war, begann es, sich besser anzufühlen, sobald die befeuchtete Länge seines Liebhabers nicht nur ganz in ihm war, sondern auch in der Lage, sich zurückzuziehen und wieder zuzustoßen. Deryn hakte seine Knie um Abels Rücken und hielt sich fest, vergaß seinen Schwanz beinahe, bis Abel seinen Namen sagte und danach griff, ihn mit einer Hand drückte, die feucht genug war, um in Deryns Körper einen Kurzschluss auszulösen.

Er schrie, sein Körper kontrahierte um Abels Schwanz, als er kam. Er spürte, wie Abels Schwanz in ihm reagierte, zu wachsen schien, sogar als Deryns Körper schrumpfte.

Abel stöhnte in sein Ohr, die Lippen ungeschickt, seine Zähne strichen über seinen Hals, ehe er seinen Mund heftig zur Seite drehte.

Sich zu trennen schien beinahe ein Sakrileg zu sein, aber das Kondom musste weggeworfen werden und sein Körper brauchte wahrscheinlich ebenfalls ein wenig Ruhe. Abel, der anscheinend eine übernatürliche Kreatur war, die so prosaischen Problemen wie niedrigen Temperaturen gegenüber immun war, ließ sich auf den Rücken fallen und keuchte, als ob er einen Marathon gelaufen wäre.

Deryn ließ zu, dass seine Augen sich schlossen, fror ein wenig, aber nicht genug, um sich zu bewegen, und dann verschwand Abels Gewicht und er wurde er näher gezogen und weggerollt, die Decke gelöst und über sie gebreitet.

Er lachte, vielleicht ein wenig zu hoch. Und es war ihm *egal*. Es spielte keine Rolle. Nicht mit Abels Arm um seine Taille, während der große Körper mehr dazu beitrug, ihn warmzuhalten, als die Decke.

„Du hast das schon einmal gemacht", sagte er leise an Abels Brustkorb. Er mochte irgendwann ein wenig geschlafen haben und sein Magen verkündete, dass er sich diesen Mangel an Nahrung nicht lange würde gefallen lassen. Aber gerade im Moment wollte er das Nest aus Decken noch nicht verlassen.

„Mmm?"

„Das... das fingern."

„Oh, mit... diesem Equipment?", sagte Abel zögerlich. Deryn konnte hören, wie Abels Herz unter seinem Ohr raste.

Er rieb ihm beruhigend über die Seite, es war sein Körper und auch wenn er die Werkseinstellung nicht gewählt hatte, war er doch mit dem momentanen Set-up zufrieden – vor allem, wenn sein neuer Liebhaber so gut darin war, ihn in Fahrt zu bringen. „Ja."

„Ja", stimmte Abel zu, lehnte sich ein wenig zurück und blinzelte Deryn mit seinen hübschen Augen an. „Hat die Übung mich perfekt gemacht?"

Und dafür verdiente er wirklich das Kissen gegen den Kopf.

Abel

„Warst du dir sicher, dass ich... es akzeptieren würde?", fragte Deryn, wedelte mit einer Hand herum.

„Ziemlich sicher."

„Sicher genug, um die Kerzen anzuzünden?", zog Deryn ihn auf.

Abel lachte, zuckte mit den Schultern und schmiegte sich dann näher an ihn. „Ich werde ein wenig schmalzig", gab er mit so viel Würde zu, wie er aufbringen konnte. „Aber ich bin mir sicher, dass der Mann, der eine ganze Woche voller St. Valentins-Feiern organisiert hat, mir keinen Vorwurf machen wird."

Er lachte, fand ein Kissen, mit dem er ihn schlagen konnte. „Oh mein Gott, wirst du das nie ruhen lassen?"

Abel schob das Kissen zurück und rollte sich auf ihn. „Nein, aber du kannst mich gerne ablenken."

Ein Kuss war eindeutig ein Gewinn für alle Beteiligten.

Epilog

„Ich kann nicht glauben, dass du mir das antust", stöhnte Eve und bedeckte ihr Gesicht mit den Händen.

„Ein selbst gemachtes Abendessen?", erkundigte Abel sich unschuldig.

Er bekam dafür ein wütendes Starren und blinzelte... Trug sie Lidschatten? „Den ganzen Romantik-Kram!", erklärte sie ihm und verdrehte die Augen.

„Was ist romantisch?", erkundigte sich Tristan, als er die Küche betrat. Er atmete tief ein und schenkte Abel ein strahlendes Lächeln.

„Ihr beide!", verkündete ihre Tochter ihnen resigniert. Sie wartete, bis Abel Tristan einen Löffel voller Linsen zum Probieren anbot, um hinzuzufügen: „Vielleicht werde *ich* mir auch einen festen Freund zulegen."

Die Linsen endeten halb auf dem Boden, halb an Abels Schürze und als er den Blick hob, sah er zum ersten Mal seit jener Nacht, dass Tristan verloren aussah.

Abel verdrehte die Augen, wandte sich dann Eve zu. „Sicher, mach nur. Du kannst ihn zum Abendessen mit uns allen bringen", bot er ihr mit einem gewinnenden Lächeln an.

Seine Tochter war klug genug zu erkennen, was jeder Teenagerjunge in Gegenwart von vier männlichen Autoritätspersonen empfinden würde. Ihr alarmierter

Gesichtsausdruck ähnelte dem von Tristan auf bemerkenswerte Weise. Natürlich war sie auch sein Kind. „Vielleicht lege ich mir eine *feste Freundin* zu", gab sie zurück.

Abel zuckte mit den Achseln und vollführte eine einladende Geste. „Wenn du in deinem Alter die richtige Person finden kannst", erklärte er ihr, entspannte sich, als die Worte herauskamen. „Dann bist du uns allen um einiges voraus."

Diese Erzählung spielt im selben Universum wie **„Schwächster des Wurfs"**, der Geschichte von Tristan und Lyall.

Der Schwächste des Wurfs

Ein junger, unsicherer Alpha, ein älterer Omega, der entschlossen ist, seine Freiheit zu behalten und die Ungerechtigkeit, die keiner von beiden weiter zulassen kann.

Lyall versagt wie ein Profi darin, ein Alpha zu sein – er hat sich präsentiert, aber er ist immer noch zu dünn und zu klein und nicht annähernd aggressiv genug, um die ständigen Erinnerungen seiner Rudelmitglieder, dass er einem Omega sehr ähnlich sieht, abzuwehren. Sie haben ihn davon überzeugt, dass er niemals etwas wert sein wird.

Tristan will keinen Alpha: Er will anderen Omegas eine Chance auf die Freiheit geben, die er für sich selbst geschaffen hat. Er hat genügend Schlupflöcher gefunden, um ungebunden und frei zu bleiben, aber er ist nur eine Person und es gibt eine Menge Leute, die hören müssen, was er lehrt. Als er Lyall kennenlernt, wird ihm klar, dass der junge Alpha ein perfekter Assistent wäre.

Ihr Treffen ist kurz, aber ihre Verbindung unleugbar und während sie mit einem Ozean zwischen ihnen zusammen arbeiten, wird es schwieriger zu ignorieren, dass ihr Leben für immer verändert wurde...

Eine Coming of Age Romanze zwischen einem jungen Alpha und dem älteren Omega, der ihn lehrt, an sich selbst zu glauben und dabei lernt, an sie beide zu glauben.

A/B/O, Altersunterschied & andere Ungleichheiten
zwischen dem Paar, Werwölfe, halb Briefroman, Mobbing

Lyall

"Schwächster des Wurfs" war tatsächlich eines der nettesten Dinge, die seine Geschwister zu ihm sagten. Manchmal meinten sie es sogar liebevoll anstatt höhnisch, auch wenn es Lyall so oder so nicht gefiel.

Sein Vater hatte schon früh klargemacht, dass es nicht in Ordnung war, ihn aufzuziehen, weil er klein war, darum wagten sie es überhaupt nicht, es vor ihren Eltern und älteren Geschwistern zu tun.

Sie waren jetzt alle erwachsen und es passierte nicht mehr so häufig. Wenn, dann handelte es sich eher um eine Angewohnheit als um echte Aggression – die Art Geschwisterrivalität, die hätte bedeuten können, dass sie einander so weit vertrauten, um unhöflich zu sein. Aber das war es *nicht*. Es war schlicht die Wahrheit und es war wie ein wunder Punkt in ihm, das Wissen, dass sie so von ihm dachten.

Sie waren seine Wurfgeschwister, keine Zwillinge, aber beinahe so gut. Von dem Moment an, als sie empfangen wurden, hatten sie alles geteilt und es war ihnen bestimmt gewesen, auch in der Zukunft alles zu teilen.

Das taten sie, vier von ihnen.

Aber Lyall war zu seltsam, zu klein, zu schwach...

Darum waren seine älteren Geschwister immer netter zu ihm gewesen als zum Rest des Wurfes, aber auf eine Art, dass die Überkompensation ihn wegen seiner Schwäche ebenso von den anderen abgehoben hatte, wie die Verachtung seiner Gleichaltrigen.

Und so sehr sein Dad ihn auch verteidigte, hatte er *doch* entschieden, damit anzufangen, die neuen, experimentellen Verhütungsmethoden zu versuchen, gleich nachdem sie fünf geboren waren.

Nicht, dass Lyall ihm deswegen einen Vorwurf machte – er war genügend damit aufgezogen worden, dass er offensichtlich ein Omega werden würde, dass er über die Härten der Schwangerschaft besser informiert war als die meisten anderen.

Ein Omega zu sein war die eine Sache, über die seine Geschwister sich nicht lustig machten – aber andere Kinder im Rudel, die die dummen menschlichen Vorstellungen übernommen hatten, dass ein Mann, der einer Frau auch nur annähernd ähnelte, peinlich war, sagten es oft genug, dass er am Ende schließlich glaubte, dass es passieren würde.

Er respektierte seinen Dad und es hätte ihm nicht viel ausgemacht, ein Omega zu sein – es war nicht so, als ob irgendjemand ihm einen zweiten Blick schenken würde, wenn die Pheromone nicht eingriffen.

Lyall hätte es gefallen, attraktiver zu sein anstatt nur klein. Mit einem Meter dreiundsiebzig schaffte er gerade mal menschliches Standardmaß. Unter Wölfen, die in der Regel schon als Teenager einen Meter zweiundachtzig erreichten, fühlte er sich oft wie ein Kind.

Er war bereit, für immer ein Beta zu sein – das waren die meisten – und ein Omega zu werden.

Es hätte ihn nicht überraschen sollen, als er stattdessen als Alpha präsentierte – schließlich hatte die Natur vom Moment seiner Geburt an klargemacht, dass sie ihn gerne fertigmachte.

Das Licht der Wahrheit

N.J. Lysk
Copyright 2021 N.J. Lysk
www.njlysk.com[1]
Übersetzung: Xenia Melzer
Proofing: CL-Proofing.top

---

1. http://www.njlysk.com

Inhaltsangabe

Allein und gefangen in einem arktischen Sturm, haben zwei junge Männer keine Wahl, als sich ihren Gefühlen füreinander zu stellen.

Es waren immer Kotzebue und Selawik gegen den Rest der Welt. Nun, nicht gegen die Welt, sondern gegen die konservativen Ältesten ihres Rudels und die Wildnis der Arktis.

Aber sechs Monate lang hat sein Cousin kein Wort mit ihm geredet, nicht, seit Kotzebues Dummheit ihn beinahe das Leben gekostet hat. Zu versuchen, seine eigene wilde Seite zu zähmen, indem er Arbeiten für das Rudel erledigt, scheint das Mindeste zu sein, was er tun kann, um es wieder gut zu machen, doch als die Ältesten seine Bitte abweisen, an der jährlichen Waljagd teilzunehmen, reicht es Kobu.

Als er in die Wildnis geht, will er ihnen allen nur für eine Weile entkommen.

Für Selawik ist sich von seinem impulsiven jüngeren Cousin fernzuhalten so nötig, wie es schmerzlich ist. Aber als Kobu ihr Territorium kurz vor dem ersten großen Wintersturm verlässt, bricht Selawiks Entschlossenheit und er folgt ihm.

Aber ihre Wiedervereinigung in der harschen Isolation des Winters könnte heißer werden, als sie beide es erwartet haben

115

und im dunklen Auge des Sturmes sehen sie vielleicht endlich das Licht der Wahrheit.

„Das Licht der Wahrheit" ist eine kurze Omegaverse Romanze über zwei beste Freunde, die gezwungen sind, sich ihren Geheimnissen zu stellen.

Kotzebue

E r war *erwachsen*. Das sollte etwas bedeuten, aber die Ältesten hatten dennoch ihre Köpfe geschüttelt, als er sie gebeten hatte, dieses Jahr an der Waljagd teilzunehmen. Und Kobu reichte es. Es stimmte, dass er manchmal ein wenig impulsiv war, und als junger Teenager hatte er regelmäßig Ärger bekommen. Aber sollte er nicht eine Chance bekommen, zu lernen und zu wachsen? Er hatte sich monatelang bemüht und die jüngeren Kinder im Rudel beaufsichtigt, hatte seinem Großvater geholfen, sich um die Waffen zu kümmern, die sie für die größeren Beutetiere benutzten und dadurch war er müde genug gewesen, zu schlafen, ohne sich herumzutreiben. Nicht, dass etwas Falsches daran war, allein unterwegs zu sein, entweder auf zwei Beinen oder vier, nur nicht, wenn man Kobu war und der Ärger einen immer zu finden schien.

Und jetzt sagten sie praktisch, dass es gar keine Rolle gespielt hatte. Nicht die zusammengebissenen Zähne bei den Kapriolen seiner jüngeren Cousins oder sein tiefes Luftholen, wenn Großvater ihm dieselben Geschichten zum fünfzigsten Mal erzählte, während sie arbeiteten ... Nicht, Selawik aufzugeben.

Das hatte am meisten geschmerzt, aber es machte auch wirklich den meisten Sinn, nach dem, was er getan hatte ...

Jetzt zu gehen machte ebenfalls Sinn, denn wenn er geblieben wäre, hätte Kobu für seine eigenen Taten nicht verantwortlich gemacht werden können. Er verbrannte innerlich auf eine Weise, die er als Tier nie empfand, ganz egal, wer in ihr Territorium eindrang. Nein, das war reine menschliche Wut wegen einer rein menschlichen Ungerechtigkeit. Wenn sie echte Wölfe wären, wäre es ihm gestattet gewesen, sein Können zu testen und seinen Wert zu beweisen, solange er willens war, sich selbst einem Risiko auszusetzen und nur sich selbst. Für Menschen war Tapferkeit Verschwendung und impulsiv und sein Rudel schien zu vergessen, dass sie nur dank ihrer Klauen und Zähne überlebten.

Kobu wusste das jedoch genau und er würde in der Wildnis gut klarkommen. Vielleicht konnte er ein geschwächtes Karibu töten und – *Nein*, beendete er seine eigene Fantasie. Zu versuchen, die Ältesten zu beeindrucken war sinnlos, sie konnten nicht mehr sehen als den Jungen, der er gewesen war. Kobu brauchte nur ein wenig Raum, um darüber hinwegzukommen und dann ... Nun, dann würde er zurückkommen, natürlich, das hier war sein Rudel, wohin sollte er gehen?

Sobald er weit genug weg war und der einzige Geruch um ihn herum der Schnee war, spürte er, wie die Anspannung in ihm sich zu lösen begann. Göttin, er hatte die Wildnis vermisst. Nein, nicht nur die Wildnis, die *Freiheit*. Allein hier draußen zu sein war ganz anders, als der Hälfte der Alphas des Rudels auf der Jagd zu folgen oder die Omegas zu begleiten, wenn sie sammeln gingen. Als Beta war beides gleichermaßen akzeptabel, wenn er sich verantwortlich fühlte – die

Erinnerung an die vergeudete Mühe brachte einen sauren Geschmack in seinen Mund und er beugte sich nach unten und nahm sich etwas frischen Schnee, um daran zu saugen.

Er brauchte nur etwas Frieden und Ruhe und wenn sein menschlicher Verstand ihm das nicht bot ... Nun, er hatte Optionen, oder nicht? Er fand einen Baum, der ihn vor dem Wind schützte, als er sich schnell seine Kleidung auszog und sie in seine große Jacke stapelte, ehe er die Schnüre zusammenband, die an den Ärmeln angebracht waren, um einen Packen zu schaffen, den ein Wolf tragen konnte.

Aber als er sich endlich verwandelte, vergaß er beinahe diese Vorsichtsmaßnahme, schoss los über den frischen Schnee, seine Pfoten sanken ein und sein Schwanz wedelte, als wäre er nur ein Welpe, der von jedem Geruch überwältigt wurde, von jedem verstärkten Laut, während der Wind in seinen Ohren kitzelte, als wollte der Winter spielen. Er verlor sich in dem Gefühl seiner Muskeln, die sich streckten und zusammenzogen, ihn über den verschneiten Boden fliegen ließen und dann war er gezwungen, zurückzulaufen, brauchte gut zwanzig Minuten, ehe er seine Kleidung wiederfand.

Aber das spielte keine Rolle, oder? Die Zeit spielte für den Wolf keine Rolle. Den Wolf kümmerten nur Hunger und Müdigkeit und ... nun, das Rudel. Aber das war heute keine Option. Heute würde er allein jagen, sich irgendwo zusammenrollen und der Reinheit der Natur gestatten, seinen Verstand von jeglicher Abneigung zu reinigen, die er gegenüber den Ältesten empfand. Dann konnte er zurückkehren, vielleicht versuchen, mit einem von ihnen allein zu sprechen, um Rat bitten, aufrichtig um Rat bitten, was er tun sollte, um sich in ihren Augen zu beweisen. Fragen, was er wegen des niemals endenden Bedürfnisses tun sollte, das durch sein Blut kreiste, zu rennen, zu jagen, schneller und härter zu sein, seine Kraft zu nutzen, die durch seine Adern raste. Die Ältesten waren weise, oder? Kotzebue kannte niemanden sonst, der dieses Problem hatte, aber selbst wenn, er erreichte nichts, indem er versuchte zu tun, was er dachte, dass sie wollten. Und vielleicht war das Teil der Lehrstunde, dass er seine Schwäche zugeben musste, ehe er einen Weg heraus finden konnte. Es klang wie die Art Sache, die die Leute in den Geschichten lernten, die um das Feuer herum erzählt wurden.

Der Gedanke war wie ein schlechter Geschmack in seinem Mund, alles in ihm wehrte sich dagegen, Schwäche zuzugeben, sowohl Wolf als auch Mann waren sich der Gefahr mehr als bewusst, in die sie durch so eine Zurschaustellung geraten konnten ...

Vor langer Zeit hatte Kobu geglaubt, stark zu sein bedeutete, keine Schwächen zu haben, aber jetzt wusste er es besser. Es ging um Überwindung, den Willen, daran zu arbeiten, bis man diese Schwäche ändern konnte, sie vielleicht sogar in eine Stärke zu verwandeln, die wahre Größe bedeutete, wahre Weisheit, hätte Selawik gesagt.

Sogar als sein Wolf rannte, wanderte sein Verstand zu seinem Cousin, als ob er nicht wirklich loslassen konnte, als ob sogar der Wolf seinen Geruch vermisste, die Weichheit seines Fells, seine vertraute Gegenwart – beständig und schweigend, wo Kobus Verstand ein endloser Wasserfall an Empfindungen und Ideen war. Er hatte immer gedacht, dass sie zusammenpassten, und trotz allem konnte er nicht wirklich glauben, dass sie es nicht taten.

Selawik

Für einen Moment dachte er, dass er sich verhört haben musste. Grace hatte ihn abgefangen, als er aus dem Haus seiner Familie gekommen war und ihn beiseitegezogen, wo sie nicht entdeckt werden konnten. „Was?"

„Er ist weg." Grace sah aus, als würde er gleich zu weinen anfangen, seine dunklen Augen glänzten, und er hatte Selawiks Parka nicht losgelassen. „Er ist einfach ... Er hat ein paar Dinge aus seinem Zimmer geholt, hat eine Nachricht dagelassen."

„Was haben die Ältesten gesagt?", frage er, versuchte, einen Faden zu finden, der ihn zurück in die Normalität brachte.

Grace schüttelte den Kopf. „Es ist nur Kobu!", spuckte er aus, sein Geruch wurde ätzend vor Wut. „Er hat sich so viel Mühe gegeben, seit –" Kobus Onkel hielt inne, weil ihm wahrscheinlich klar wurde, dass Selawik das wohl nicht vergessen hatte. „Er war so viel besser, hat den Kindern geholfen, den Ältesten, er hat ... sich *wirklich* Mühe gegeben. Und ... Ich weiß, dass ihr beide nicht ..."

„Das spielt keine Rolle", sagte Selawik sofort. „Ich weiß, dass er sich gebessert hat, darum ... dachte ich mir, uns würde eine Pause guttun ..."

„Selawik", unterbrach Grace ihn. „Bitte, ich kann nicht selbst gehen."

Sein Magen drehte sich um. Das stimmte, Grace war als Welpe schwer verletzt worden und nicht einmal überlegene Selbstheilungskräfte konnten viel gegen abgetrennte Zehen ausrichten, was als Wolf einen unsicheren Gang bedeutete. Aber das erklärte nicht, warum sie nicht einfach auf Kobus Rückkehr warten konnten, sein Cousin ging immer in die Wildnis, wenn er von seinem Rudel genug hatte. Selawik hatte gelernt, auf ihn zu warten. „Du willst, dass ich ihn finde?", fragte er.

„Der Große Sturm kommt", erinnerte Grace ihn.

„Oh, verd–!" Er verkniff sich den Fluch. Die Leute hatten sich immer gewundert, warum jemand, der so ausgeglichen war wie Selawik, sich mit seinem jüngeren Wildfang von einem Cousin abgab, aber in Wahrheit unterschied er sich nicht so sehr von Kotzebue. Selawik hatte nur nicht jene Art Feuer, das dafür sorgte, dass man bemerkt wurde, wohin man auch ging, sowohl bei den Wilden als auch bei den Zivilisierten. „In Ordnung, ich – werde ihn finden, Grace, mach dir keine Sorgen."

Als Graces Schultern sich ein wenig entspannten, zog Selawik seine gerade. Er wusste nicht, ob es sich um einen Instinkt handelte, den er hatte, lange bevor er als Omega präsentierte oder einfach nur reine dickschädelige Entschlossenheit, niemanden in seinem Rudel zu Schaden kommen zu lassen, aber als ihm so eine wichtige Aufgabe übertragen wurde, schien etwas in ihm aufzublühen.

„Ich wusste, dass du gehen würdest", sagte Kobus Onkel mit einem tapferen Lächeln zu ihm. Er konnte es dem Mann nicht übel nehmen, Kobu war die einzige Familie, die er noch hatte. „Er war ... Er hat dich vermisst, das weiß ich."

Das wusste er, was höchstwahrscheinlich bedeutete, dass Kobu monatelang kein Wort über Selawik gesagt hatte. Nicht, dass Selawik ihm deswegen wirklich einen Vorwurf machen konnte. Zuerst war er zu desorientiert gewesen, während er heilte, um Kontakt aufzunehmen und dann ...

Dann war der Älteste Lala mit einer Bitte zu ihm gekommen, die er nicht ablehnen konnte. Nicht, weil sie von einem Ältesten und dazu noch von einem Alpha kam, sondern weil sie Sinn machte. In den Wochen, seit Selawik von einem verzweifelten Karibu aufgespießt worden war, das die Hälfte der Muskeln in seinem rechten Arm zerfetzt hatte, war Kotzebue still geworden.

Selawik dachte, dass er sich daran erinnerte, wie sein junger Cousin an seiner Seite kniete, Druck auf die Wunde ausübte, während er nur vor Schmerzen heulen konnte, und es war wahrscheinlich sogar die Wahrheit ... Aber er hatte seitdem nicht versucht, mit Selawik zu reden.

Und Ältester Lala hatte recht, irgendwie schien der Unfall Kobu gezeigt zu haben, wie gefährlich ihr Leben sein konnte. Selawik hatte seine Wildheit immer geliebt, war von ihr immer angezogen worden wie die sprichwörtliche Motte vom Licht, aber er konnte nicht leugnen, wie oft sein Cousin in Schwierigkeiten geriet und in wie viel Gefahr das sowohl ihn als auch den Rest des Rudels brachte.

„Er ist nur ein Junge, der in einen älteren Mann verknallt ist", hatte Lala freundlich gesagt, was Selawiks Gesicht brennen ließ. So war es nicht, auch wenn Kobu in dieser Hinsicht ziemlich heiß lief, genau wie jeder andere, er wollte Selawik nicht beeindrucken, weil er ... ihn wollte. Aber er *war* älter und das machte ihn in Kobus Augen zu jemandem, den er

bewunderte, so viel konnte er sehen. „Er versucht schon seit
Jahren, dich dazu zu bringen, ihn anzusehen", fuhr Lala fort.
„Aber jetzt ... Nun, jetzt weiß er, dass du das nicht tun wirst.
Wegen dem, was passiert ist. Er glaubt, dass du wütend bist."

Glaubt. Selawik starrte den Ältesten an. Sie wussten also,
dass es nicht stimmte? „Du willst, dass ich so tue als ob?"

„Nein", meinte Lala, da einen anderen Werwolf anzulügen
eine schwerwiegende Bitte war. „Ich bitte dich nur, dass du
nicht zu ihm gehst. Nur für eine Weile, lass ihn seinen Weg
finden, wirklich über die Konsequenzen seines Handelns
nachdenken."

„Wie lang ist eine Weile?"

„Ein paar Monate", bot Lala an. „Bis der Winter kommt."

Ein paar Monate ... im Austausch für die Sicherheit seines
geliebten Freundes. Das war nicht zu viel verlangt, oder?

Selawik hatte sein Wort gegeben und es gehalten, hatte
die Theorie des Ältesten nur halb geglaubt, hatte aber auch
nicht riskieren wollen, dass er recht hatte. Er hatte sich seinem
Cousin nicht genähert, aber er hatte ihn beobachtet und er
hatte gefragt. Kobus Abwesenheit nach einem ganzen Leben in
seiner Gesellschaft hatte eine Leere hinterlassen, die viel größer
war als die Narbe, die er an seinem Arm hatte, weil es so lange
gedauert hatte, bis der Heiler ihn erreichte und seinen Arm in
die richtige Position bringen konnte, damit er heilen konnte.
Er schauderte, erinnerte sich an den Klang, als er das zweite
Mal gebrochen war.

Und jetzt hatte das Warten ein Ende.

Kobus erneute Eigenwilligkeit schien beinahe wie ein
Geschenk zu sein. Ein ganzer Monat war seit dem Winter-Fest
vergangen und Selawik hatte es als falsch empfunden,

Annäherungsversuche zu unternehmen, nachdem er seinen Cousin so lang ignoriert hatte. Nein, ihn nicht nur ignoriert hatte, sondern ihn hatte glauben lassen, dass er wütend genug war, um eine lebenslange Freundschaft zu beenden.

Am Ende schien es Kobu nicht einmal beschützt zu haben, was vielleicht nur der Beweis war, dass Selawik aufhören musste, auf die Ältesten zu hören und anfangen, auf seinen Wolf zu hören. Genau wie ein weiser junger Mann es ihm seit Jahren erzählte.

Kotzebue

Der Winter in der Arktis war wunderschön, aber er war auch gefährlich. Kobus Wolf warnte ihn vor der schnell zunehmenden Windgeschwindigkeit, vielleicht sogar genug, um zu einem Sturm zu werden. Aber als einzelner Wolf konnte er leicht Unterschlupf finden, wenn es sein musste. Er war jung und stark genug, wochenlang durchzuhalten, sogar wenn er keine Nahrung fand. Niemand würde ihn wie ein Kind behandeln, wenn er es schaffte, tagelang ohne Rudel wild zu leben, oder?

Dieser Gedanke wärmte ihn gegen den pfeifenden Wind, der sein Fell zauste und er fing wieder zu laufen an, die Ohren und Augen offen für entweder Beute oder Unterschlupf.

Es war ein Aufblitzen von Licht, das er nur aus dem Augenwinkel wahrnahm, das ihn dazu brachte, sich in die falsche Richtung zu wenden, in der Annahme, dass dort vielleicht etwas anderes als Schnee war.

Er hatte das Eis nicht gesehen, aber sogar das hätte für ein Tier seiner Größe kein Problem sein sollen ... wenn das Wasser darunter ebenfalls gefroren gewesen wäre.

Stattdessen stellte er von einem Moment zum anderen fest, wie er in den gnadenlosen Griff der tiefsten Kälte sank. Er kämpfte, keuchte und wurde von seiner eigenen Kleidung nach unten gezogen und dann wieder. Das dritte Mal schwamm er tiefer, bis er den Mantel von seinem Hals bekam und wieder nach oben steigen konnte. Aber sogar dann konnte er sich nicht an den Seiten des Loches, in das er geraten war, nach oben ziehen.

Sich zu verwandeln musste reiner Instinkt gewesen sein, weil er sich der Entscheidung nicht bewusst war, ehe er lange Arme und Beine hatte, um nach dem Rand der Plattform zu greifen, sein Gewicht weiter zu verteilen, als seine tierische Gestalt das erlaubte.

So wie das Bündel seiner Kleidung sich an seinen strampelnden Füßen verfing, musste es ein Geschenk vom Mond sein. Sein linker Arm krampfte, als er nach unten griff und seine Hand um die Schnüre schloss, sich selbst in die Höhe beförderte, als er seinen Parka in Richtung des Ufers warf. Direkt danach bedauert er das, weil sein ganzer Körper von einem unkontrollierbaren Schaudern überwältigt wurde, seine Muskeln sich in reiner Pein so lange verkrampften, dass er sich nicht sicher war, ob er es schaffen würde. Sich selbst von dem Schmerz loszureißen war das Schwierigste, was er je getan hatte. Der Rest kam ihm wie ein Blitz, sich selbst auf die Plattform zu hieven und zurück an Land, seine Knie sanken in den Schnee und von seinen Haaren tropfte gefrierendes Wasser, das es nicht bis ganz nach unten schaffte, ehe es anfing, sich auf seiner bereits kalten Haut zu verhärten. Der Wind war wie tausend Schnitte, beinahe schlimmer als das Wasser es gewesen war, als sein Körper übernahm und ihn zittern ließ, damit er sich aufwärmte.

Es würde nicht ausreichen, nicht, wenn er keinen Unterschlupf fand.

Selawik

Kobu musste gedacht haben, dass niemand ihm folgen würde, weil er nicht versucht hatte, seine Spur zu verwischen. Selawik konnte leicht erraten, dass er das Territorium des Rudels in nördlicher Richtung verlassen hatte. Ein kurzer Gang an der Grenze gab nicht nur seinen Geruch preis, sondern auch Fußspuren unter einem der Bäume, die sich in dem harschen Wetter an ein verdrehtes Leben klammerten.

Er hatte sich verwandelt, aber seine Pfotenspuren schienen wegzuführen und dann wiederzukommen und Selawik brauchte ein paar Minuten, um zu begreifen, dass dies bedeutete, dass Kobu losgelaufen und dann wieder zurückgekehrt war, wahrscheinlich um seine Kleidung zu holen.

Der Schnee war fest, seit ein paar Tagen war kein neuer gefallen und so bewahrte er Gerüche besser, als sogar fester Boden das getan hätte, und das würde er, bis der heulende Wind sich in den versprochenen Sturm verwandelte.

Selawik zwang sich weiter, benutzte sowohl seine Augen als auch seine Nase, um auf der Spur seines Cousins zu bleiben, und schaffte es, eine gute Stunde zu laufen, bevor er seinen Geruch verlor. Bis dahin war der Wind stark genug geworden, dass die Möglichkeit bestand, dass er falsch abgebogen war. Er endete an einem der halb gefrorenen Seen, die der Preis dafür waren, den Planeten mit Menschen zu teilen.

Er fand Kobus Geruch nicht zu weit entfernt erneut. Sein Bündel mit Vorräten wurde schwerer, als er müde wurde, aber er brauchte es zu sehr, um es zurückzulassen. Er hoffte, Kobu zu erreichen, bevor sie zu weit weg waren, aber wenn nicht, mussten sie die Nacht vielleicht irgendwo verbringen. Sie waren übernatürliche Kreaturen, aber das bedeutete nicht, dass sie in irgendeiner Form über der Natur selbst standen.

Sie konnten sich jedoch anstrengen und er hatte einen guten Grund, das zu tun. Der Sturm schien darauf aus zu sein, ihn zu unterwerfen, aber Omega oder nicht, Selawik würde nicht nachgeben. Er würde Kobu hier draußen nicht allein lassen. Er rollte sich für einen Moment zusammen, zitterte, um sich selbst aufzuwärmen, und lief weiter, hielt sich nahe bei den Felsformationen, um ein wenig Schutz vor dem Wind zu haben, ging aber in keine der kleinen Höhlungen und Höhlen. Nicht, bis er stolperte. Es hätte einfach nur ein Ausrutschen sein sollen, aber etwas in seiner rechten Pfote klickte alarmierend und als er versuchte, sie wieder aufzusetzen, schoss Schmerz durch seine Gliedmaße. Die Höhle war direkt vor ihm, nahe genug, dass er auf drei Beinen dorthin humpeln konnte und sobald er näherkam, wurde ihm klar, dass sie ziemlich tief war.

Dann nahm er die erste Nase voll nicht gefrierender Luft und der Geruch seines Cousins traf ihn direkt in der Schnauze. Er ließ einen Laut hören, Überraschung und Verwirrung und Erleichterung. Er war Kobus Geruch gefolgt, aber er hatte aufgehört, darauf zu achten, als er sich selbst verletzt hatte und

genug Holz für ein kleines Feuer, das er dazu hatte verwenden wollen, mehr Holz zu trocknen, um, wenn nötig, ein größeres anzufachen, aber er hatte nicht damit gerechnet, dass Kobu keinen Schutz gegen die Elemente haben würde.

Es fühlte sich beinahe selbstsüchtig an, sich wieder an Kobu zu schmiegen, aber sie beide brauchten die Körperwärme, wenn sie Energie sparen und den Weg zurück nach Hause schaffen wollten. Wenn Selawiks Wolf wegen der Methode besonders enthusiastisch war, dann hatte das nichts zu sagen.

Kotzebue

Später würde er kaum in der Lage sein, die reine Selbstsüchtigkeit der Geste zu überdenken, seine vollkommene Unfähigkeit, an den Kontext zu denken oder den Schaden, den er anrichten konnte. Aber in diesem Moment, als er Selawiks Gesicht zum ersten Mal seit Monaten nahe bei seinem eigenen entdeckte, fühlte es sich nicht wie eine Entscheidung an oder gar eine Handlung.

Ihn zu küssen war einfach zu *sein*. Weil es keinen Kotzebue geben konnte, ohne die Liebe, die in ihm brannte, die Liebe, die auch Begehren war. Die unklaren Linien zwischen den beiden verschwammen, als er älter wurde und erkannte, dass sein ältester Freund nicht nur loyal, großzügig, lustig, freundlich und wahrhaftig war. Wahrhaftig in einer Welt, die Wahrhaftigkeit nicht schätzte, wahrhaftig trotz der gerunzelten Brauen und der Missbilligung.

Das allein wäre genug gewesen, aber Selawik musste auch noch wunderschön sein. Seine dunkle Haut leuchtete vor dem weißen Fell seines Schals, seine Wimpern waren sogar noch dunkler, wie ruhende Vögel, die gleich losfliegen würden. Sie flatterten, als sein Cousin erwachte, als wäre er eine Prinzessin aus dem Märchen, seine Augen weiteten sich, sein Herz beschleunigte seinen Rhythmus. Da erinnerte Kobu sich an die

Grenzen zwischen ihnen, die, die zuvor existiert hatten und die Neuen, nachdem er Selawik so absolut enttäuscht hatte.

Er versuchte, zurück zu rutschen, und prallte gegen die Steinwand hinter ihm, aber Selawik war nicht auf diese Weise eingeengt und er rollte sich fort, bis sich ein paar Meter zwischen ihnen befanden. *Er* war angezogen und erst da bemerkte Kotzebue, dass er nur einen Parka halb über seinen Schoß gebreitet hatte.

„Es geht dir gut?", waren Selawiks erste Worte, ein wenig rau, nicht ganz sicher.

Kobu starrte ihn an, nickte dann, noch verwirrter von der fehlenden Anklage als er es von Selawiks Anwesenheit war.

„Warum bist du hier ...?", fragte er, was einer Bitte an die Welt um etwas Sinn in diesem Sturm am nächsten kam. Seine Lippen kribbelten immer noch von dem kurzen Kontakt und er konnte den Schweiß seines Cousins riechen, seine scharfe Nase fokussierte sich darauf, als wäre es Beute. Vielleicht lag es nur daran, dass sie weit von zu Hause weg waren und alle vertrauten Gerüche die Aufmerksamkeit des Wolfes erregten.

„Grace", sagte Selawik nur und Kobu zuckte zusammen.

Sein Onkel hatte ihn aufgenommen, als seine Mom neu geheiratet hatte und zu einem anderen Rudel gezogen war. Kobu war dreizehn gewesen und hatte nicht alle, die er kannte, verlassen wollen, nur weil sie sich in einen gut aussehenden Fremden verliebt hatte, der weiter aus dem Süden kam und das Rudel besuchte. Sie kam manchmal zu Besuch, aber seitdem waren es Kobu und Grace gewesen, der der ältere Bruder seiner Mom war, aber selbst keine Familie hatte.

So sehr die Ältesten seine Geduld auch auf die Probe stellten, Grace verdiente kein Kind wie Kobu, das immer Ärger hatte, sich immer gegen die Regeln zur Wehr setzte. „Es tut mir leid", sagte er rau. „Ich kann nicht glauben, dass du gekommen bist, nachdem –" Er schluckte, zwang sich dann, weiterzureden. „Es geht dir gut, oder? Alle sagen das, aber ..."

Selawik brachte ihn mit erhobener Hand zum Schweigen, drehte seinen Arm und zog sein Oberteil nach unten, um die schwache Narbe an der Stelle zu zeigen, wo seine Schulter und sein Arm sich trafen. „Nur eine coole Narbe", verkündete er, sein weiches Lächeln war so vertraut, dass es etwas in Kobu herumdrehte. *Konnte es sein, dass Selawik den Kuss nicht gespürt hatte?* Er benahm sich, als ob nichts geschehen wäre. Andererseits, war er nicht auch willens so zu tun, als wäre die Markierung, die Kobus Dummheit bei ihm verursacht hatte, nichts weiter als eine ‚coole Narbe'? Werwölfe wurden praktisch nie so schlimm verletzt, dass Narben entstanden und Kobu würde die Schreie seines Freundes, als sein Arm ein zweites Mal gebrochen worden war, damit er richtig zusammenwachsen konnte, sein ganzes Leben lang nicht vergessen.

„Ich ... Es tut mir leid", wiederholte er sinnlos, dann sprang er auf die Füße. „Ich werde uns etwas zu essen suchen."

Ehe Selawik darauf etwas erwidern konnte, war Kobu in seine Wolfsgestalt gewechselt und lief auf den Ausgang zu. Erst als er nach draußen trat, erinnerte er sich an den Sturm, dem er in der Höhle hatte entkommen wollen, aber die Götter schienen ausnahmsweise auf seiner Seite zu sein, weil der Wind sich beruhigt hatte. Aber es war unmöglich zu sagen, wie lang das andauern würde, darum sollte er besser möglichst schnell Beute finden.

Ein ordentliches Mahl zur Verfügung zu stellen war das Mindeste, was er unter den Umständen tun konnte.

Selawik

Auf die Rückkehr von Kobu zu warten war Folter, aber nachdem er nachgesehen und bemerkt hatte, dass der Sturm nachgelassen hatte, konnte er es schlecht rechtfertigen, seinem Cousin einen Moment für sich zu verwehren. Selawik hatte nichts gegen einen für sich selbst einzuwenden, wirklich, er konnte immer noch Kobus Mund auf seinem eigenen spüren. Es war nur eine Sekunde gewesen, ehe sein Cousin versucht hatte, sich hastig von ihm zu entfernen. Er hätte es nicht klarer machen können, dass es ein Fehler gewesen war – hervorgerufen von Erschöpfung und Schlaf – wenn er es Selawik mit Worten gesagt hätte.

Es war keine so große Sache, nicht, als ob es Selawiks erster Kuss wäre oder ... Sein Herz zog sich zusammen, aber er biss sich auf die Lippe und zog seinen Parka an, liegengelassen von Kobu, wo sie geschlafen hatten. Kotzebue war nicht für Selawiks unangemessene Gefühle verantwortlich. Es hätte nicht einmal eine Rolle gespielt, wenn sein Cousin sein Interesse erwidert hätte, nicht wirklich, ein Omega konnte nicht mit einem Beta zusammen sein. Nicht auf Dauer. Und es gab keine andere Möglichkeit, wie Selawik sich selbst mit irgendjemandem sehen konnte, vor allem nicht mit jemandem, den er ... den er liebte. Es war nicht so, dass seine Liebe zu Kobu neu oder irgendwie vor Kurzem entstanden wäre, er liebte ihn, seit er wusste, wie das ging und es war die natürlichste Sache der Welt gewesen, ihn auch zu begehren. Er war hoffnungslos von seiner Leidenschaft fasziniert, seiner Stärke, seiner Freude über alles im Leben, von einem Lauf bis hin zu einem weichen Bett ...

Das war der Grund, warum er es hinausgeschoben hatte, sich einen Alpha-Gefährten zu nehmen, wie es von ihm erwartet wurde, entweder aus dem Rudel oder einen der Reisenden, die hin und wieder zu Besuch kamen. Es wäre einfacher, wenn er gehen würde, nicht wahr? Zumindest wirkte es weniger wie Folter, wenn er nicht sehen musste, was er nicht haben konnte, und das hätte er seinem Gefährten nicht antun wollen, ihm das Gefühl zu geben, dass er die zweite Wahl war. Sogar wenn das stimmte. Jeder wäre das.

In der leeren Höhle hob Selawik seine zitternden Finger an seine Lippen. Sie waren natürlich kalt. Die Wärme war nur in seinem Kopf gewesen.

Er stellte sicher, dass er Kobus Spur finden konnte, folgte ihr aber nicht, ging vorsichtig um die felsigen Ausläufer herum, die die endlose Weite des Schnees durchbrachen, bis er einen Baum fand, ohne Blätter und beinahe tot aussehend. Das war er jedoch nicht und er dankte ihm für die Äste, die er brauchte, um ein Feuer zu entzünden, erklärte, dass es in dieser Kälte um Leben und Tod ging.

Dann begab er sich wieder in die Höhle und fing an, das Feuerholz vorzubereiten – nicht viel, weil er nicht in der Lage gewesen war, irgendwelche anderen Bäume in der Nähe zu finden, aber genug, um zu kochen, was immer Kobu fing und die Kälte endgültig aus ihren Knochen zu vertreiben. Wenn es zum Schlimmsten kam, konnten sie sich einfach in ihre Wölfe verwandeln, aber es war sehr wahrscheinlich, dass die Wölfe versuchen würden, zurück in ihr eigenes Territorium zu kommen. Vielleicht hätten sie Glück und würden es schaffen, aber das war in keiner Weise garantiert, eine Tatsache, die der Tierverstand nur schwer akzeptieren können würde, wenn der Sturm sich wieder so beruhigte.

Er fing gerade an, sich Sorgen zu machen, als sein dritter Gang zum Höhleneingang in der Ferne eine dunkle Gestalt zeigte.

Der Hase in Kobus Maul war vollkommen weiß mit Ausnahme des Blutes, das sein Fell befleckte. So früh im Winter war er zum Glück noch ziemlich fett. Sein Cousin ließ ihn wie eine Opfergabe zu seinen Füßen fallen und Selawiks Herz hämmerte wie verrückt. Er war nicht einmal sonderlich hungrig ...

Er hob ihn dennoch auf und holte sein Messer aus seinem Bündel, um ihn zu häuten. Das Fell war wunderschön, aber seine Finger waren zu verkrampft, um es vorsichtig genug zu –

„Gib es mir." Kobus Stimme war rau, aber seine ausgestreckte Hand ruhig.

Selawik legte vorsichtig das Messer auf seine Handfläche, hielt ihm dann das Tier hin. Er musste müder gewesen sein, als ihm bewusst war, weil er dastand und zusah, wie Kobu die Aufgabe mit entspannten, kompetenten Bewegungen zu Ende brachte und ein paar Steine in der Nähe des Feuers aufbaute, um das Fleisch zu halten, während es briet.

„Geht es dir gut?", fragte sein Cousin und Selawik erkannte, dass er immer noch an derselben Stelle stand.

„Äh ... ich –" Er leckte seine Lippen, schüttelte den Kopf. „Ich bin müde, glaube ich."

„Du solltest dich setzen", meinte Kobu. „Ich kümmere mich um alles." Mit diesen Worten nahm er die Tasse aus Selawiks Bündel und ging nach draußen, um sie mit Schnee zu füllen.

Das Metall musste sich an seinen Fingern unangenehm erhitzt haben, als er es über das Feuer hielt, um den Schnee zu schmelzen, aber Selawik konnte nicht die Kraft finden, etwas einzuwenden und als Kobu ihm die Tasse, eingewickelt in seinen eigenen, halb feuchten Schal, reichte, nahm er sie und nippte, stellte fest, dass es heiß war. Er inhalierte tief, es gab sogar ein wenig Dampf, der ihn innerlich aufwärmte, und seine Knochen fühlten sich so locker an, als würde er gleich einschlafen. Es ergab keinen Sinn, er hatte mehr als genug geschlafen und die Anstrengungen des Vortages waren nicht wirklich exzessiv gewesen, nicht einmal, wenn man die Sorgen mit einrechnete.

„Ich hätte Tee mitbringen sollen", kommentierte Kobu müßig, als er sich dem Hasen zuwandte. Normalerweise hätte Selawik wegen dieser Idee über ihn gelacht – so wild er auch war, der Mann liebte seine Bequemlichkeiten – aber in diesem Moment konnte er nur vage zustimmen.

Als das Fleisch fertig war, riss Kobu eines der Beine – die fleischigsten und besten Stücke – mit seinen Zähnen ab und brachte es ihm, ehe Selawik reagieren und es von ihm nehmen konnte. Das Fleisch war immer noch ein wenig rosig, aber es war der Tropfen Blut auf Kobus Unterlippe, der Selawiks ganze Aufmerksamkeit hatte. Es wäre nicht das erste Mal, dass er etwas aß, das den Mund seines Cousins berührt hatte, aber heute, nachdem er diese Lippen an seinen eigenen gespürt hatte ... Kobu erwiderte seinen Blick, wartete wahrscheinlich darauf, dass er das Essen nahm, und er schüttelte sich und tat genau das, senkte seinen Blick, als er sich darauf stürzte, sein Wolf erhob sich in ihn und kaute voller Freude.

„Verdammt, du warst hungrig ...“

Er nickte und stellte fest, dass Kobu mit dem anderen Bein zurückgekehrt war. Er hätte es beinahe abgelehnt, hatte das Gefühl, dass es nicht fair war, aber der Gesichtsausdruck seines jüngeren Cousins war beinahe bittend. *War das seine Entschuldigung für den Kuss?* Der Gedanke weckte in Selawik den Wunsch zu lachen und gleichzeitig zu weinen, so, wie er mit der Wahrheit in ihm feststeckte. Aber Kobu hatte ihn bereits geküsst. Wenn es ihm ernst gewesen war, warum hatte er es nicht gesagt?

Kotzebue

„Ich weiß, dass du wütend bist!" Die Worte brachen aus ihm hervor, brachten seinen vollen Magen dazu, sich zu beschweren.

Selawik blinzelte ihn verschlafen an, senkte den Knochen, aus dem er gerade das Mark gesaugt hatte, mit einigem Zögern. „Was?"

„Du hast jedes Recht darauf", erklärte Kobu ihm schnell, hob beide Handflächen, fühlte sich sogar noch schrecklicher, weil er das Mahl unterbrach, wo sein Cousin doch so offensichtlich die Nahrung brauchte. „Aber ich habe nur –"

„Kobu, ich bin nicht wütend", unterbrach Selawik ihn. „Ich ... Ich dachte nur, es wäre das Richtige."

Jetzt war es an ihm zu starren. „Das Richtige ...? Nicht mit mir zu reden?"

„Die Ältesten ... Nun, Lala, er ... er sagte, es könnte", er schluckte. „Eine Art Lektion sein, nehme ich an? Dass du vorsichtiger sein würdest, wenn ich ..." Er zuckte mit den Schultern, sein anmutiger Hals war für einen Moment versteckt, seine dunklen Augen hinter dichten Wimpern geschützt. „Ich hätte auf mein Bauchgefühl hören sollen", schloss er.

Ein Teil von Kobu wollte wütend auf Lala sein, weil er sich eingemischt hatte, aber hatte er das nicht auch verdient?

145

Vielleicht war Selawik zu freundlich, um ihn zu verurteilen, aber wie konnte irgendjemand, der ihn liebte, nicht wollen, dass er sicher war? „Nicht mit dem Typen herumzuhängen, der dich beinahe getötet hätte, scheint mir ein ziemlich guter Rat zu sein", meinte er. Das war nicht wirklich tapfer, nicht, wenn Selawik mit seinen eigenen Gefühlen so offen war, aber es zu sagen war das Mindeste, was er tun konnte, wenn er sich noch einen Hauch Selbstachtung bewahren wollte. „Ich weiß nicht einmal wie ich mich für das, was ich getan habe, entschuldigen soll."

„Das hast du doch schon getan, oder nicht?", sagte sein Cousin sanft.

„Was?"

„Ja", bekräftigte Selawik, stand auf und warf den Knochen in die ersterbende Glut. „Du hast dich sehr verändert, einen Weg gefunden, dich zu fokussieren, dem Rudel zu helfen, zu –"

Kobu schnaubte, schüttelte seinen Kopf und stand mit einem Mal kurz davor, in Tränen auszubrechen. Er saß immer noch, aber sogar so war er in Versuchung, sich noch weiter zusammenzurollen. „Ich habe einen Weg gefunden, *so zu tun*", erklärte er. „Aber glaub nicht, dass ich es irgendwo schaffen werde, Sel."

Selawik schnaubte über ihm. „Denkst du, ich weiß das nicht? Dass du dich zwingen musstest, geduldig zu sein und die Arbeit zu machen?"

Natürlich tat er das, wenn irgendjemand wusste, was ihn das gekostet hatte, dann war es Selawik. Aber Kobu kannte *ihn* und er hatte seine eigene Lektion aus der fehlgeschlagenen Jagd gezogen, auf die er seinen Cousin und die anderen Wölfe geführt hatte ... Selawik konnte Kobu so sehr vertrauen, wie er wollte, aber Glaube allein würde ihn nicht beschützen. Oder Kobu gut genug machen, ihn zu verdienen.

„Darum nennt man es an Wiedergutmachung *arbeiten*, oder nicht?", sagte Selawik bereits, ernst, so verzweifelt darauf aus, ihn von seiner eigenen Großartigkeit zu überzeugen. „Weil es Arbeit und Willenskraft braucht."

Der Unterschied war jetzt, dass Kobu nicht naiv genug war, um ihm zu glauben. Er biss die Zähne zusammen, mit einem Mal zu wütend, um den Blick zu heben. „Aber wie soll ich damit *weitermachen*?", verlangte er zu wissen. „Ich kann nicht – Ich war *so gelangweilt* und so verdammt einsam!" Er schüttelte seinen Kopf, schluckte schwer. Er wollte Selawiks *Mitleid* nicht. „Ich weiß nicht, wie ich das tun soll, ich glaube nicht, dass ich so weitermachen kann und dann ... Nun, ich nehme an, das ist der Grund, warum ich nicht mit auf die Jagd gehen darf, oder? Lala und die anderen wissen, wie ich wirklich bin."

„Hey!" Selawiks Griff an seinem Arm war unerbittlich, ein Schock, der ihn bis in die Grundfesten zu erschüttern schien. „Sag keinen solchen Mist." Als er den Blick hob, stellte Kobu fest, dass Selawik sich über ihn beugte, nahe genug, dass er nicht nur seine leuchtenden Augen, sondern auch ein Aufblitzen von Fangzähnen sehen konnte, als er sprach. „Davon rede ich, was Lala mich gebeten hat zu tun, hat dein Selbstbewusstsein erschüttert, hat dich dazu gebracht zu denken, dass ich ..." Er hielt inne, ließ aber nicht los. Seine feinen Gesichtszüge waren leicht gerötet, es war wahrscheinlich nur das Feuer, aber selbst jetzt bemerkten Kotzebues Augen seine Lieblichkeit, unbeeinträchtigt von Furcht oder Schmerz. Es hatte zuvor nie etwas gegeben, das zwischen ihn und Selawik kommen konnte und trotz der langen Trennung hatte sich das nicht geändert. Seine eigene Hand hatte seine Nägel in den Felsen gegraben, auf dem er saß, hielt ihn davon ab, etwas anderes zu tun, für das er sich würde entschuldigen müssen.

Auch wenn Selawik ihm das wahrscheinlich auch vergeben würde. Kotzebue konnte nicht sehen, wie er je seine Vergebung oder Liebe verdienen konnte. Und wenn die nächsten Worte schmerzten, dann war das die Art Wunde, gegen die Kobu keinen Finger heben würde, um sie zu vermeiden. „Du bist mein bester Freund", sagte Selawik schließlich fest und schaute nach unten, um sicherzustellen, dass Kobu es verstand. „Und ich habe dich vermisst."

„Ich habe dich auch vermisst." Die Worte kamen leicht, die Wahrheit brach hervor, wie sie das immer tun zu wollen schien. Ihr gefiel die Dunkelheit seines Verstandes nicht. „Aber ich habe es gebraucht, glaube ich", gab er zu, schleppte seine Gedanken zurück zu der gegenwärtigen Situation, zu der Schuld, die er zu begleichen hatte. „Ich habe Mist gebaut und wenn dir irgendetwas zugestoßen wäre, oder Lyra ..."

„Es ist nicht nötig, dass ich dich ignoriere, damit du das verstehst", beharrte Selawik. „Du bist ... Du kannst manchmal ein wenig sorglos sein, aber du bist immer ganz vorne. Du würdest niemals jemand anderen einem Risiko aussetzen."

Es war schwer, seinen Glauben zu hören, so offen und einfach, mit überhaupt keinem Zweifel in seiner Stimme, dass Kotzebue gut war, es verdiente. Es war noch schwieriger, seine Hand zu heben und an Selawiks Handgelenk zu stoßen, ihn zu bitten, zurückzutreten. Die Finger seines Cousins klammerten sich an seine Schulter, aber nach einem Moment tat er, worum er gebeten wurde und zog sich zurück.

Kobus Blick fand Selawiks rechten Arm, er ignorierte den Schmerz, die Berührung auf seinem eigenen verloren zu haben. „Du wurdest dennoch verletzt."

Selawiks Hände waren an seinen eigenen Ellbogen, er umarmte sich selbst, als ob ... Als ob er sich nicht sicher fühlte. Es ergab Sinn, wenn er an eine Verletzung erinnert wurde, die ernst genug gewesen war, sein Leben in Gefahr zu bringen, und das ließ alles in Kotzebue – Wolf und Mann – sich danach sehnen, die Hand auszustrecken, ihn an sich zu ziehen, ihm Sicherheit und Bequemlichkeit und Liebe zu versprechen.

Seine Versprechen würden aber nichts bedeuten, nicht, wenn man sie mit seinem Handeln verglich.

Sein Cousin machte einen Schritt zurück, schüttelte den Kopf. „Das wurde ich, aber das ist ... das ist nur das Leben, Kobu. Wir verlieren Leute und Leute werden verletzt. Und du ... du solltest dich nicht selbst einsperren, du solltest auf der Jagd sein, tun, was du am besten kannst, so stark und frei sein, wie du nur kannst." Sein Gesichtsausdruck versteinerte und seine Arme fielen nach unten. „Wenn sie dich nicht so niederdrücken, wenn sie dich einfach nur *sein lassen*, wer du bist, dann ..."

„Ich will keine Entschuldigungen", sagte er müde. Er verstand, dass Selawik ihm Trost spenden wollte, aber er *hatte* genug gelernt, um zu wissen, dass er sich selbst keinen leichten Ausweg gönnen konnte.

Selawik schaute wütend drein. „Das ist keine Entschuldigung, das ist eine *Lösung*." Er zog den Parka nach unten, seine Hände versuchten nervös, Kleidung zurechtzurücken, die nirgendwohin gehen würde. „Du *musst* deinen Instinkten folgen und wenn du das nicht tust, dann wird dein Wolf deine menschliche Seite davon überzeugen, etwas Dummes und Gefährliches zu tun."

Er nickte langsam, dem zumindest konnte er zustimmen. „Nun, ich nehme an, der Beweis liegt vor uns." Er sah sich bedeutungsvoll um.

Selawik schauderte und seine Fäuste ballten sich, er wandte das Gesicht ab. „Als mir klar wurde, dass du gefallen bist –" Er brach die nächsten Worte ab, als sein Tonfall lauter und seine Stimme rauer wurde, als ob ein Knurren dahinter wäre.

Kobu stellte fest, dass er auf die Füße gekommen war, dann musste er seine Fäuste ballen, um er selbst zu bleiben. „Verdammt, ich muss dir Angst gemacht haben. Es tut mir leid."

„*Nein*." Selawiks mit einem Mal aufrechte Haltung verlieh dem Wort zusätzliches Gewicht, wie der Graben um eine bereits uneinnehmbare Burg. Er begegnete Kobus Blick, jetzt auf einer Höhe, wie ein Mann, der sich etwas stellte, vor dem er Angst hatte. „Du hast dich selbst an deine Grenzen gebracht, weil ich dich habe denken lassen ... Ich – es tut mir leid, dass ich dich ignoriert habe, das war nicht richtig. Wenn es einen Grund gibt, warum du hier draußen bist, dann liegt das an mir."

Kobu lachte. „Komm runter, ich bin mir ziemlich sicher, dass ich mit meinen eigenen Beinen hierhergelaufen bin und auch wie ein totaler Idiot mit ihnen in einen gefrorenen See gefallen bin. Aber wenn du möchtest, können wir den Menschen die Schuld geben, dass es im verdammten Winter überhaupt einen See *gibt*."

„Dafür sind sie immer gut", sagte Selawik, etwas in seinem Gesichtsausdruck wurde weicher. „Aber es war dennoch nicht richtig, dass ich dich allein gelassen habe. Ich ..." Er wandte den Blick ab. „Ich will dich nicht allein lassen."

Sein Herz tat bei diesen Worten einen Sprung, er konnte nichts dagegen tun und als Selawik seinem Blick begegnete, passierte es wieder. „Ich ... äh, dann tu es nicht", sagte er, losgelöst und ein wenig dünn.

Selawik

E s war so gut gelaufen, wie man erwarten konnte, wenn man ihren momentanen Aufenthaltsort und die Monate der Trennung berücksichtigte. Den Kuss, über den sie ganz eindeutig nicht reden würden. Und das Essen hatte etwas in Selawik beruhigt, hatte er zumindest gedacht.

Die Höhle lag halb in Schatten, als er in der Ecke aufwachte, wo sie ihre Parkas als Bettzeug hingelegt und sich zusammengekuschelt hatten, um sich zu wärmen. Das Feuer war aus, aber sein Mund war so trocken wie eine Wüste und er schwitzte durch sein Oberteil und die Hose, als ob er in einer voll isolierten Hütte geschlafen hätte. Er rollte sich ein wenig und stöhnte, als seine Hände und sein Gesicht den eiskalten Felsboden fanden, schauderte heftig, als Schmerz und Erleichterung gleichzeitig sein Nervensystem schockten.

„Sel ...?", kam die verschlafene Frage von der anderen Seite und Selawiks Hüften stießen nach unten auf den unnachgiebigen Boden. Sein Schwanz war hart und tropfte so sehr, dass er spüren konnte, wie es in seine Unterwäsche glitt und er hatte keine Zeit, seinen Mund über einem Wimmern zu schließen.

Oh, Göttin, nein, dachte er. Aber ehe er auf die plötzliche Erkenntnis reagieren konnte, hatte Kobu sich bereits herumgerollt und eine Hand auf seinen Hinterkopf gelegt, seine Fingerspitzen strichen über die Seite seines brennenden Gesichts wie frischer Regen in einer ausgetrockneten Kehle. Selawik drehte seine Wange in die kühle Berührung, so blind vor Begehren wie ein Neugeborenes, das nach Nahrung suchte.

„Oh." Kobus Stimme war rau geworden. „Du –"

Wenn er noch mehr zu sagen hatte, bekamen sie es nicht zu hören, weil Selawik bereits auf den Knien war, nach ihm griff und ihn an sich zerrte, um ihre Münder aufeinanderzupressen. Kobu erschrak in seinen Armen, aber Selawik hielt ihn weiter fest, inhalierte tief, als wäre das die einzige Luft, die er atmen konnte. Es fühlte sich wie Äonen an und dauerte wahrscheinlich nicht einmal Sekunden, ehe Kobus Lippen sich teilten und seine Zunge sich an Selawiks Zähnen vorbeischob.

Er trank durstig, saugte daran, als ob er niemals aufhören könnte. Die Erleichterung von Kobus Kühle gemischt mit der Art, wie seine Erektion pulsierte; sein Hintern zog sich um die Feuchtigkeit zusammen, die sein Körper produziert hatte, um ihn darauf vorzubereiten ...

Selawik musste nicht darum bitten, Kotzebue zog sich bereits sein Oberteil über den Kopf, öffnete dann geschickt den Verschluss seiner Hose und rollte sie herum, sodass sie wieder auf den Parkas lagen, wobei er vorsichtig Selawiks Kopf mit seiner Hand umfasste, während die andere seine Unterwäsche an seinen Oberschenkeln nach unten riss. Seine Finger, die sich zum ersten Mal um Selawiks Schwanz schlossen, verdienten nichts weniger als einen Schrei aus den Tiefen seines Seins, Erleichterung und Begehren und Triumph in einem, seine Hüften stießen hinein, gaben alles von ihm dem nassen, obszönen Gleiten durch Kobus starke Finger.

Sein Cousin belohnte ihn mit einem brutalen Kuss, leckte und biss an seinem Mund, während er hart an seiner Erektion zog, und Selawik nahm alles auf, gierig auf jeden Teil von ihm, jede Berührung, jeden Laut und jedes halb abgehackte Wort. Aber es war das Ziehen von Kobus Zähnen über seinen gewölbten Hals, das ihn zwischen ihnen explodieren ließ, seinen eigenen Brustkorb mit seinem Samen bemalte und ihm die Tränen in die Augen trieb.

Kobu lockerte seinen Griff, ließ aber nicht los oder ging weg, immer noch schwer auf ihm, ein Anker in der Welt, während Selawiks Verstand außer Kontrolle geriet.

Es war sein Kuss, zärtlich dieses Mal, der ihn wirklich beruhigte, ihm einen Punkt gab, auf den er sich konzentrieren konnte, um sich auf ihn zuzubewegen. Aber es war in seinem Kuss, wo ihm auffiel, dass er immer noch zitterte, jetzt kalt anstatt heiß. Nur nicht dort, wo Kobu ihn berührte, seine Hand auf seinem Schwanz, sein Mund auf dem von Selawik, seine kräftigen Oberschenkel zu beiden Seiten seines Körpers. Ihn nach unten zu ziehen, damit ihre Körper zusammenkamen, war nichts als der grundlegendste Instinkt und er musste seinen Cousin damit überrascht haben, weil Kobu auf ihm zusammenbrach, sein Gesicht in der Kuhle zwischen seinem Gesicht und seinem Hals vergraben. Ein Schauder durchlief ihn wie Elektrizität.

Seine Zähne so nahe an seinem Hals zu haben, hätte den Wolf in die Defensive schicken müssen, stattdessen spürte Selawik, wie er in ihm wimmerte, bettelte und sein Kopf fiel zurück, entblößte ihn weiter. Einladend, hätte man sagen können. Kobus Zunge drückte sich fest gegen seine Kehle, ein Versprechen auf mehr.

Es gab keine Zähne, aber das vergaß Selawik, als Kobu ein Knie unter sich selbst schob und die herrliche Länge seiner nackten Erektion gegen Selawiks Hüftknochen presste. Hautkontakt hatte ausgereicht, ihn durch einen Orgasmus eilen zu lassen, als es nur Kobus Hand gewesen war, seinen Schwanz zu haben ... Er wurde davor bewahrt, seinen Kopf auf den Boden zu schlagen, weil sein Cousin immer noch seine verschwitzten Haare hielt und einen tadelnden Laut von sich gab, der sich schon bald in seinem Mund verlor, als Kobu seine Hüften nach unten stieß, als ob er versuchte, Selawik am Boden festzunageln.

Selawik hätte sich gerne festnageln lassen, aber er konnte nicht aufhören, sich zu winden, jeder Zentimeter unberührter Haut bettelte um mehr, kümmerte sich nicht darum, dass seine Unterwäsche und seine Hose sich direkt über seinem Knie in seine Oberschenkel gruben. Er brauchte und brauchte und brauchte, jenseits jeglichen Verständnisses für Physik oder Möglichkeit. Er hätte sich wahrscheinlich seine eigene Kleidung vom Leib gerissen, wenn Kobu ihm genügend Raum gegeben hätte, sich zu bewegen, aber da ihm diese Chance verwehrt wurde, nahm er, was ihm gegeben wurde. Die wilden Hände, die seine entblößten Oberschenkel erkundeten, unter sein Oberteil glitten, um an seinen Nippeln zu ziehen, und an seiner Hüfte zerrten, um ihm zu helfen, sich in die Berührung zu wölben, köstlich kräftig und absolut selbstbewusst. Es passte zu Kobu, dass er genau wusste, was er tun musste, seine scharfen Nägel an Selawiks Hüften nach unten zu ziehen, bis das Brennen ihn zum Keuchen brachte und dazu, sich ungeschickt an Kobus Bauchmuskeln und Oberteil zu reiben. Er verteilte seine Liebestropfen auf ihrer beider Kleidung und alle würden es wissen und ... und *er wollte, dass sie es wussten*. Er wollte, dass jede Person, die ihnen auf Spuckweite nahe kam, es wusste, weil ... weil das hier *wahr* war.

Er hatte sich so bemüht, es zurückzuhalten und jetzt ... hier war es. Es gab hier keine Familie oder Verpflichtungen, die sie voneinander wegriefen, nicht zu vergessen ihren Altersunterschied oder was anständig und zweckmäßig war. Nur das, die Wahrheit ihres Atems, der sich mischte und sein Herz, das sang.

„Shh ...", sagte Kobu in sein Ohr. „Lass mich ..." Und Selawik ließ zu, dass er ihn auf seine Vorderseite drehte, ließ ihn seine Hose so weit nach unten ziehen, wie das mit den Schuhen, die er immer noch trug, ging und dann stieß er sich selbst auf seinen Schwanz, lachte vor Freude, als sein Cousin vor Überraschung fluchte, als er umschlossen wurde. Er war groß und hart und heiß, aber Selawik tropfte für ihn und sein Körper nahm ihn voller Freude auf, die Hände geballt, damit er seine Hüften nach oben stoßen konnte.

Aber Kobu war niemand, der zurückblieb, wenn es um Taten ging und Selawik kam beinahe erneut, als die starken Hände sich in seine Hüften gruben und ihn in den nächsten Stoß zerrten, tief und überwältigend, ihn öffnete, als wäre er aus frisch gefallenem Schnee gemacht. Er schmolz in die Berührung, zitterte und klammerte sich an ihre Kleidung, die Nase in ihrem vermischten Geruch vergraben, als Kobu ganz in ihn eindrang. Der nächste Stoß reichte tief genug, dass er sich zusammenzog, sein Körper versuchte, sich an Kobus Schwanz zu klammern, als sein Cousin ihn herauszog und erneut hineinrammte, das Gefühl so intensiv, dass er für einen Moment nicht mehr mitkam. Und dann waren da die sanften

Küsse auf seinem Hals und seine Schultern, die leiseren Worte, die sein Gehirn nicht entschlüsseln konnte, die ihn aber selbst ein paar ausprobieren ließen: Kobus Namen, eine Bitte um mehr oder weniger oder alles, was er zu geben hatte, um einen Kuss. Der Winkel würde nicht funktionieren, aber Kobu leckte in seinen Mund und Selawik reckte seinen Hals danach, zwischen den tiefen Stößen, die ihn überall Liebestropfen verteilen ließen, der Geruch seiner Erregung so stark, dass es beinahe alles war, was er wahrnehmen konnte.

„Sel ..." Kobu klang, als ob er nicht genügend Atemluft hatte, um seinen Namen ganz auszusprechen, aber er sagte ihn dennoch wieder. „Sel, Sel ..." Es war sein Arm, der stark und sicher um Selawiks Hüften glitt und ihn erneut über den Klippenrand stieß. Vielleicht hatte er vorgehabt, Selawiks Schwanz zu berühren, aber das war alles, was es brauchte, das Gefühl, dass er ihn hielt, als würde er niemals loslassen. Selawik zuckte in seinen Armen, seine Ellbogen gaben unter ihm nach und schickten sie beide nach vorne, ihre Haut klebte aneinander, ihre Herzen klopften aneinander, als ob sie nichts von den Muskeln oder Sehnen oder der Haut wussten, die sie trennten.

Kotzebue stieß nicht zu, hielt ihn einfach, so tief in ihm, wie es ging, nahm Selawiks Lust, gab ihm alles und hielt ihn über Wasser in dem Sturm aus Empfindungen, der ihn zu ertränken versuchte. Mit geschlossenen Augen vergaß Selawik den harten Boden unter ihm, die kalte Luft an seiner verschwitzten Haut, den Wind, der nicht zu weit entfernt pfiff ...

Für einen Moment, als er auseinanderbrach, war Kobu die ganze Welt, seine Achse und sein Mond. Und dann lösten sich seine Muskeln ganz und sein Cousin fing ihn auf, rollte sie auf ihre Seiten und schmiegte sich an ihn, strich mit tröstlichen Händen an Selawiks Seiten nach unten. Er wimmerte, als Kobu sich aus ihm zurückzog, aber er wurde zum Schweigen gebracht, als er versuchte, nach hinten zu drängen. Es war nicht richtig, Kobu war nicht ...

Aber Kobu war ihm nahe und Selawiks Körper musste gewusst haben, dass er sicher war, weil er einschlief.

Kotzebue

Es war die Kälte, die ihn weckte, was zu erwarten war, ausgenommen von der Tatsache, dass nur sein Rücken in Mitleidenschaft gezogen war. Er brauchte nur wenige Momente, um den Körper in seinen Armen zu bemerken, den vertrauten Geruch, der ihm versicherte, dass alles auf der Welt in Ordnung war ... Und dann bemerkte er, dass er hart war. Hart an Selawiks nackter Haut.

Er sprang dieses Mal nicht zurück, auch wenn er ohnehin nirgendwohin gekonnt hätte, so wie sein rechter Arm unter dem Gewicht seines Cousins gefangen war, aber die Art, wie sein Puls beschleunigte, musste ausgereicht haben, um seinen schlafenden Gefährten zu alarmieren, dass er wach war.

Die Tasterinnerung überfiel ihn wie ein Sturm. Um mehr angefleht zu werden, die Hitze von Selawiks Körper, der ihn umschloss, wie sein Geruch stärker wurde, bis er nur noch ihn riechen konnte.

Er schaffte es kaum, sich zu beherrschen, bevor er gegen die Hüfte seines Cousins stieß. Aber seine Zurückhaltung reichte nicht aus, weil Selawik sich in seinen Armen versteifte und dann war er es, der sich wegrollte.

Kobu war dankbar, dass seine Hände gehorchten, als er ihnen befahl, ihn loszulassen, oder so dankbar, wie er sein konnte, wo die Kälte, die zurückblieb, die schlimmste

Erfrierung war, die er je erlebt hatte. Als sein Cousin an seiner Kleidung zupfte, sich selbst bedeckte, das Gesicht verschlossen und zu schnell atmend.

Kobu öffnete seinen Mund, aber es war, als würde er einen arktischen Wind inhalieren, schmerzlich und unmöglich. Er schloss ihn wieder und schluckte, ignorierte den Schmerz in seinem Brustkorb, und zog sich selbst den Parka an, nicht, um die Kälte abzuhalten, sondern um seinen halb harten Schwanz zu bedecken. „Selawik ..."

Es war ein armseliges Angebot, aber etwas musste gesagt werden. Es musste etwas geben, eine Kombination an Lauten, die ...

Selawik schauderte und beugte sich vornüber, seine Hände in die tiefen Taschen seiner Hose geschoben. „Hitze", sagte er mit einer kratzigen Stimme, die Kobu noch nie zuvor gehört hatte.

„Hitze ..." Kobu runzelte die Stirn, sein Gehirn kämpfte darum, mitzukommen, seine Finger gruben sich in seine eigenen Oberschenkel, um sich davon abzuhalten, das letzte bisschen Wärme anzubieten, das er noch hatte. Natürlich war ihm klar, dass Omegas ihre Hitze bekamen, aber nur, wenn ein Alpha gegenwärtig war. Oder nahe genug, um sie mit seinen Pheromonen auszulösen. Das war der ganze Sinn der Hitze, also ...

Er hätte beinahe zum Eingang der Höhle geschaut. Es war dumm, sich vorzustellen, dass jemand nahe genug sein könnte. Wer wäre dumm oder tapfer genug, mitten in einem Sturm nach draußen zu gehen?

Abgesehen von ihnen beiden. Kobu war Ersteres, Selawik Zweiteres.

„Du musst kurz davor stehen, dich zu präsentieren",
erklärte Selawik ihm. Er hob den Blick nicht und er war
unbeweglich, als ob er bereit wäre, wegzuspringen, obwohl
Kobu sich nicht von ihrem improvisierten Bett wegbewegt
hatte.

Präsentieren. Das Wort hallte in seinem Kopf. „Ich ... ich
glaube nicht." Er schüttelte sich, schaute an seinem Körper
nach unten. Und dann erinnerte er sich daran, an die Person
zu denken, die, wieder einmal, das Opfer seiner sorglosen
Impulsivität geworden war. „Verdammt, verdammt, es tut mir
so leid, ich habe dich geküsst und –"

„Du konntest das nicht wissen", sagte Selawik, großzügig
bis ins Letzte.

„Ich konnte es nicht wissen?", wiederholte Kobu und seine
Stimme wurde hoch, seine Kehle zog sich zusammen, als er die
Tränen niederkämpfte. Seine Hände schmerzten davon, wie
fest er sie ballte. Wenn es irgendjemand anderes gewesen wäre,
der Selawik so klingen ließ ... „Ich kann also einfach was? Dich
küssen und ...?"

„Du bist nicht einmal gekommen", bemerkte Selawik.

Er verstand die Worte, aber er schien ihre Bedeutung nicht
begreifen zu können. „Was?"

„Du hast es für mich getan", fügte sein Cousin hinzu, sein
Blick ins Leere gerichtet. „Ich ... ich habe dich geküsst, daran
kann ich mich erinnern."

„Ich ..." Kobu schnaubte, blinzelte, damit er nicht weinte.
Es war so absurd, dass ihm nicht einmal Worte dazu einfielen.

Und dann verstand er. Selawik log.

Das musste es sein, Kobu hatte ihn zuerst geküsst, Kobu
hatte ihn *zweimal gefickt.* Aber Kobu war ein impulsiver Idiot,

der ihn beinahe umgebracht hatte, und er war nicht in ihm gekommen. Und hatte ihn auch nicht markiert.

Selawik war nicht verpflichtet, ihn als Gefährten zu nehmen.

Niemand brauchte zu erfahren, was passiert war.

Kobu hatte kein Recht, ihn zu küssen, noch weniger, ihn um irgendetwas anderes zu bitten.

„Es ist in Ordnung", beharrte sein Cousin, zog seinen Reißverschluss nach oben und schmiegte sich in das pelzige Halsteil seiner Jacke. „Du warst nur … Es ist in Ordnung."

Kobu konnte ihn nicht ansehen, nicht, ohne wirklich zu weinen. Es kümmerte ihn nicht, wenn er ein Alpha *war*, es hätte ihn nicht einmal gekümmert, wenn Selawik ihn weinen sah. Nur, dass er wusste, dass er dann gezögert hätte, wieder an Kobu gedacht hätte, wenn er eigentlich an sich selbst hätte denken sollen. Darum presste er seine Zunge an seinen Gaumen und blieb auf dem Boden, größtenteils nackt, bis er hörte, wie Selawiks Schuhe über den Boden kratzten, als er einen Schritt zurückmachte, weg von Kobu. Weg von der Gefahr.

Er ging nach draußen, Kobus Ohren folgten immer noch seinem Herzschlag und er kam für lange Zeit nicht zurück.

Als er es tat, war er nackt, aber er roch nicht länger nach Sex. In den Händen trug er genügend Holz, um ein neues Feuer zu machen, um seine Kleidung zu trocknen.

Er hatte sie im Schnee geschrubbt, um Kobus Geruch loszuwerden.

Es war schwer, diese Nachricht nicht zu verstehen.

Selawik

Er hatte die Hitze nie genossen, aber die paar Mal, als er sie erlebt hatte – wobei ältere Omegas und Betas ihn bewachten, damit kein Alpha es wagte, sich zu nähern – war es einfach nur eine heftige Nacht gewesen. Er war müde und wund von seinen eigenen, nutzlosen Händen aufgewacht, aber das war nichts im Vergleich zu der Scham, die an diesem Tag in ihm brannte.

Es stimmte, dass sein Cousin ihn zuerst geküsst und dadurch wahrscheinlich seine Hitze ausgelöst hatte, aber Kobu irrte sich, wenn er dachte, das wäre seine Schuld. Er hätte es nicht wissen können. Betas sollten eigentlich *sicher* sein. Tatsächlich waren Betas die einzigen Leute, mit denen Selawik je Sex gehabt hatte. Er fragte sich, ob Kobu jemals …

Aber es ging ihn nichts an, wenn er das hatte. Kobu schuldete ihm gar nichts, nur weil … nur weil sie zusammen in eine Hitze geraten waren.

Es spielte keine Rolle, wie es sich für Selawik angefühlt hatte, wie alles in ihm sich immer noch nach diesem Moment der Verbindung sehnte, als er Kobu so nahe gewesen war, wie er sich das je hatte wünschen können. Das waren nur seine dämlichen Omega-Instinkte und vielleicht die Verknalltheit, die er viel zu lange wie ein beschämendes Geheimnis genährt hatte. Es würde nicht funktionieren. Er wusste nicht, wie ein

Beta seine Hitze hatte auslösen können, aber Kobu war eindeutig immer noch ein Beta, sein Geruch hatte sich nicht verändert. Die Verwandlung zum Alpha war kein Prozess, sie passierte einem Wolf einfach, veränderte seinen Geruch und sein ganzes Wesen. Und es war beinahe ein ganzer Tag vergangen und Selawik musste sich den Tatsachen stellen.

Er rieb sich das Gesicht, biss die Zähne zusammen, um keinen Laut von sich zu geben. Aber der Sturm war an diesem Tag schlimm genug, dass sie nur für ein paar Momente nach draußen gegangen waren, um Wasser zu holen, und abgesehen vom Wind gab es nichts, was Kobu von ihm ablenken konnte, darum wurde er natürlich erwischt.

„Geht es dir gut?"

Und Selawik explodierte einfach nur. „Warum hast du mich geküsst?" Das war der Teil, den er nicht verwinden konnte. Wenn Kobu kein Alpha war ...

Kotzebue atmete scharf ein und als Selawik den Kopf drehte, um ihn von dort, wo er saß, anzustarren, waren seine Augen groß. Die Stille zwischen ihnen kratzte wie Nägel über nackte Haut und dann, mit einem Mal, richtete Kobu sich auf und schluckte. „Ich wollte es."

Es war die Wahrheit, Selawik brauchte nicht einmal seine Sinne, um es zu wissen, er konnte es im Gesicht des jüngeren Mannes sehen. „Also wie, du warst ... geil?"

„*Selawik*", sagte Kobu, das Wort kratzig, als würde es schmerzen, es auszusprechen. „Ich wollte *dich* küssen. Ich will dich schon *seit Jahren* küssen. Lala hat es dir gesagt, oder nicht?" Kotzebue hielt sich kerzengerade, aber den Blick hatte er gesenkt, seine dunklen Wimpern verbargen, was sich wie Niedergeschlagenheit anhörte.

Für Selawik war es, als würde er einen Fremden sehen. „Was?"

„Ich wollte dich beeindrucken." Kobus Kehle arbeitete schwer, um die Worte herauszubekommen. „Ich meine, ich wollte nicht ... Ich glaube, ich habe es nicht so gesehen, aber Lala hatte recht. Ich wollte dich beeindrucken und dich dazu bringen, mich zu mögen und ..." Er zuckte mit den Schultern, wagte es, Selawik in die Augen zu sehen. „Dich küssen."

„Aber ..." Sein Herz hämmerte und er wusste nicht wirklich, was er sagen sollte, nur, dass dies nicht passieren konnte, dass es nicht wahr sein konnte. „Kobu ..."

„Ich weiß", sagte Kobu schnell, hob seine Hände. „Ich bin ein Beta und wir – Ich weiß, dass du nicht so empfindest, dass es nur die Hitze war, aber ..."

„Nein, ich ..." Selawiks Augen fanden seine eigenen Knie vor seinem Gesicht, wo er sich zusammengekauert hatte, um Hitze zu konservieren. Seine Gedanken schienen schleppend zu sein, beinahe so, als stünde er unter Schock. Kobu hatte ihn küssen wollen, hatte ihn *seit Jahren* küssen wollen. Er sah auf. „Kobu."

Sein Cousin schaute auf, die Lippen zusammengepresst, hatte Angst, blickte ihn aber dennoch an.

„Es war nicht die Hitze", gab er zu, sein Herz hämmerte in seiner Kehle, als ob die Worte riskierten, auf ihrem Weg nach draußen pulverisiert zu werden. „Oder, das war es, aber ich ... ich weiß, dass du ein Beta bist, aber ich ... liebe dich dennoch."

Er sah, wie Kobus Augen groß wurden, aber sein eigenes Herz pochte zu sehr, als dass er das des anderen Wolfes hören konnte. Seine Augen senkten sich, Furcht und Hoffnung kämpften in ihm, darum war das Nächste, was er wahrnahm, dass Kobu die Entfernung zwischen ihnen überwunden hatte und zu seinen Füßen auf die Knie gefallen war, Selawiks Hände mit seinen eigenen packte. „Du – du meinst das ernst?"

Kotzebue

Selawik zitterte ein wenig, atmete auch etwas schnell und es musste die Nervosität sein, aber alles in Kobu verlangte, dass er ihn in seine Arme schloss und ihn auf der Stelle wärmte. Er blieb jedoch unten, wartete auf die Bestätigung. Nicht, dass Selawik sich unklar ausgedrückt hatte, aber es schien einfach nicht möglich zu sein. Als sie jünger gewesen waren, hatte er an einen Kuss gedacht, wie jenen, den er gestohlen hatte, aber er war nie in der Lage gewesen zu glauben, dass es je passieren würde – sogar er war nicht dumm genug, *Selawik* zu riskieren – und dann hatte sein Cousin sich als Omega präsentiert, der Mond eine Linie um ihn herumgezogen, die ihn als unerreichbar markierte.

Kobu hatte sich gefragt, ob er ein Alpha werden würde. Es hätte ihn nicht gestört, abgesehen von der Tatsache, dass Kobus Instinkte bereits zu stark zu sein schienen, und er sich nicht vorstellen wollte, was die Kraft der Bedürfnisse eines Alphas mit ihm anstellen würde.

„Ja", flüsterte Selawik, seine Hand zuckte in der von Kobu.

Andererseits, was ein Alpha brauchte, war ein Gefährte, der ihn erdete, oder nicht? Wenn Selawik …

Er schüttelte sich. *Gefährte!* Selawik hatte gerade … nun, er hatte gesagt, dass er ihn liebte. „Ich … ich liebe dich auch." Es fühlte sich so gut an, es zu sagen. Er lachte, dann sagte er es lauter. „Ich liebe dich!"

Selawik schaute auf, seine Lippen bogen sich leicht nach oben. „Ja?", fragte er, so süß, dass Kobu nichts anderes tun konnte, als sich vorzubeugen und seinen Hals zu strecken, bis ihre Lippen sich trafen, zunächst nur ein Streifen, unterbrochen von Selawiks scharfem Atemholen und dann besiegelt, als er reagierte, sich härter gegen Kobu drängte, an seinen Händen zog, bis Kobu es endlich begriff und sie losließ, sich stattdessen auf die Knie stützte.

Sein Mund war weich und heiß, aber er zitterte immer noch. Kobu zog ihn enger an sich. Bis sie umfielen, der harte Boden unter ihm keine Konkurrenz für das solide Gewicht seiner Liebe, das ihn erdrückte. Seine Lungen verlangten nachdrücklich genug nach Luft, dass er sein Gesicht drehen und danach schnappen musste.

Aber Selawik ließ sich nicht abbringen, sein Mund fand Kobus nackten Hals und kratzte mit den Zähnen an seiner Kehle nach unten, die Kante seiner Fangzähne ein köstlich gefährliches Flüstern an der zarten Haut.

Unbeeindruckt wand Kobus Wolf sich einfach nur, als er seine Hüften anhob und seinen Kopf für mehr zurückwarf. Es gab hier keine Frage, Selawik konnte ihn überall und auf jede Weise, die ihm gefiel, berühren. Auch daran hatte er gedacht, Selawik in sich zu haben, damals, als sein Cousin größer und älter gewesen war. Er hatte nicht vorgehabt, diese Erinnerungen zu teilen, aber Selawiks Erektion, die ihm in den Bauch stach, musste sein Gehirn kurzgeschlossen haben, weil sein Liebhaber über ihm erstarrte, sich zurücklehnte, um sein Gesicht zu betrachten. „Was?"

„Du ..." Seine Lippen waren vom Küssen gerötet und seine Augen dunkel von einer Macht, die Kobu von den Jahren, in denen er sie selbst zurückgehalten hatte, kannte.

Er erinnerte sich mit einem Mal an seine eigenen Worte. *Ich will dich in mir.* Er schluckte, musterte Selawik, als er seine Knie auseinanderfallen ließ, sein Gemächt entblößte und seinen Cousin dazu brachte, heftig zu erschaudern und sich an seine Oberarme zu klammern. „Kobu, du ... du willst das?"

Kobu verfluchte sich selbst, alles war so gut gelaufen und er hatte zu sehr drängen müssen, genau wie immer. „Vergiss es", flüsterte er, strich mit seinen Händen an der Kurve von Selawiks Rücken nach unten. „Das hier ist gut."

Selawik widersetzte sich seinem Versuch, den Raum zwischen ihnen zu schließen, platzierte einen Ellbogen auf seinem Brustbein und streckte die Hand nach seinem Gesicht aus, das trotz des Wetters unter der Handfläche seines Cousins brannte. „Ich will nicht."

„Schon gut", wiederholte Kobu, sein Atem kam ein wenig schnell. „Das war nur etwas, das ich –"

„Nein, nein", unterbrach Selawik ihn. „Ich will es nicht *vergessen*", erklärte er, verwirrte Kobu genug, dass er aufhörte zu versuchen, die Dinge weiterzutreiben. Selawiks Augen waren sehr nahe und er wandte den Blick immer wieder ab. „Ich ... ich habe nur nicht daran gedacht, weil ..."

Der Schmerz auf seinem Gesicht war der Tropfen, der für Kotzebue das Fass zum Überlaufen brachte und er hob seine Hüften und stieß sich hart vom Boden ab, um sie herumzurollen, bis er rittlings auf seinem sehr überraschten Cousin saß. „*Vergiss es*", beharrte er. „Wir müssen es nicht tun. Wir können alles machen, was du willst. Es gibt ... es gibt nichts, worum du mich bitten könntest, zu dem ich Nein sagen würde."

Selawiks Körper wurde unter ihm schlaff, seine geteilten Lippen zitterten in dem schwachen Licht, das in die Höhle drang. „Nichts?"

„Mit dir?" Kobu lachte und schüttelte den Kopf. „Wenn du *sehr* kreativ bist, fällt dir vielleicht etwas ein, über das ich noch nicht fantasiert habe."

„Ich bin mir ziemlich sicher, dass du an das hier nicht gedacht hast ..." Selawik ließ seinen Blick durch die Höhle schweifen, aber schon bald waren seine Augen wieder bei Kobu, voller Wärme und Vorfreude, auch ein wenig amüsiert – ein privater Witz, der nicht erzählt werden musste.

Es war alles, was Kobu je von ihm gewollt hatte, mit Ausnahme ...

„Oh Göttin", murmelte er und beugte sich vor, um ihre Münder wieder aneinanderzupressen. Selawik schob seine Zunge in seinen Mund. Kobu saugte daran, schob seine Knie zwischen die Oberschenkel seines Cousins, zerrte nachdrücklich an ihm, als Selawik an seinen Haaren zog, um seinen Mund in Reichweite zu halten. Es war so einfach. Kobu biss ihm ins Ohr und sein Cousin reagierte, indem er sich aufwölbte, rollte sie dann aber halb herum und schob eine Hand unter sein Oberteil, stöhnte, als er den Pfad aus Haaren fand, der an seinem Bauch nach unten führte und was das mit ihm anstellte, als Selawik daran zog, seinen Schwanz zum Pulsieren brachte, als ob er wüsste, dass etwas Fantastisches in seine Richtung unterwegs war.

Selawik hatte recht. Kobu war nie auf den Gedanken gekommen, dass sie Sex mitten in einem Sturm haben würden, weit weg von allem und jedem. Aber er war hierhergekommen, um frei zu sein, oder nicht? Es hatte ihn beinahe das Leben gekostet, aber er war stark genug gewesen, sich selbst aus dem See zu befreien. Und Selawik ... Selawik war nicht nur klug genug, nicht hineinzufallen, sondern mochte Kobu auch so sehr, dass er gekommen und ihn sogar in diesem Sturm gefunden hatte.

Niemand war hier, um ihnen zu sagen, dass sie aufhören sollten, sie daran zu erinnern, dass Omegas und Betas nicht auf Dauer zusammen sein konnten. Und wenn Kobus Leichtsinn für irgendetwas gut war, dann war es für die Freude dieser Momente – so sehr außer Reichweite – die irgendwie nahe genug vorbeigekommen waren, dass man sie packen konnte. Darum zog er Selawik enger an sich und biss ihm in die Lippen, spreizte seine Beine, bis er seine Knie um Selawiks Hüften legen und sich an ihm reiben konnte, ihre Schwänze strichen aneinander, suchten einander so blind, wie ihre menschlichen Gegenstücke es jahrelang getan hatten.

Selawiks Geständnis änderte nicht, wie unmöglich das alles war, aber es machte das hier umso kostbarer. Einfach, weil er wusste, dass jemand, den er liebte, ihn gesehen hatte und seine Liebe erwiderte, ihn für wert befunden hatte.

Das konnte ihm nicht von Biologie oder Gesellschaft genommen werden, die Wahrheit, die sie hier in der dunkler werdenden Einsamkeit am Ende der Welt teilten.

„Kobu ..." Selawiks Stimme war heiser. „Bitte ... ich ..."

Er brauchte ein paar Momente, um zu verstehen, dass die Bewegung an seiner rechten Seite sein Cousin war, der an seiner Hose zerrte. Sobald er das tat, sprang er auf, stolperte beinahe und brach sich den Schädel, als Selawik seine eigenen

Hüften vom Boden anhob und seine Hose und Unterwäsche mit einem ungelenken Tritt auszog, der gleichzeitig unerträglich sexy war. Sein Schwanz war herrlich und voll, dick und glänzend vor Liebestropfen und er hüpfte ein wenig, als sein Cousin ihm gegen den Knöchel trat und verlangte: „Komm zurück. Mir ist kalt."

Kobu lachte, mit einem Mal nervöser, als er es gewesen war, als er sein Geständnis gemacht hatte. Sich der Situation ganz sicher bewusster, als er es gewesen war, als sie gefickt hatten. Es gab hier keine Instinkte, hinter denen er sich verstecken konnte. Er wollte Selawik unbedingt, aber mehr als alles andere, wollte er ihn *erfreuen*, ihn zum Wimmern und Schreien bringen und ihn danach vor Stolz lächeln sehen und ihn halten.

Er war sich ziemlich sicher, dass er es schaffen würde, einen Orgasmus zu bieten, aber alles, was darüber hinausging ... Er kniete sich wieder auf den Boden, zitterte, als seine Knie sich in den kalten Felsen drückten, und Selawik setzte sich bereits auf. „Komm her, Dummerchen", sagte er und half ihm, seinen Parka und sein Oberteil auszuziehen, häufte ihre ganze Kleidung unter sich auf, um sie beide vor dem Boden zu schützen. Kobu ließ sich herziehen, bis er selbst auf dem Stoff kniete. Selawik umfasste sein Gesicht mit seinen großen Händen. „Willst du das? Es ist kalt und – "

Und Kobu musste ihn küssen, ihm eine Antwort geben, die er nicht infrage stellen oder bezweifeln konnte. Es war wie schwimmen, die Kälte verschwand, seine Gliedmaßen fanden einen Rhythmus, der es ihm gestattete, mit dem Wasser zu tanzen, und Selawiks Körper folgte seiner Führung, wand sich an ihm, sodass ihre Haut wegen der Hitze zwischen ihnen zu schwitzen anfing. Dieses Mal nicht wegen des Mondes, sondern einfache Reibung, eine absolut gewöhnliche chemische Reaktion, geboren aus einer Leidenschaft zwischen ihnen, der sie viel zu lang keine Beachtung geschenkt hatten.

Selawik legte ein Bein über seine Hüfte und endlich begegneten sich ihre Schwänze, der Winkel ein wenig seltsam, aber nichts, das ihm etwas ausmachte, als er das Seufzen der Lust seines Cousins schluckte. Der Laut vibrierte durch seinen eigenen Brustkorb, als ihre Liebestropfen sich zwischen ihren Bäuchen mischten. „Das will ich!" Die Worte waren seltsam genug, um Kobu innehalten zu lassen. Er hob seinen Kopf, um Selawik anzusehen, und wurde mit dem Anblick seiner geröteten Wangen und übergroßen Pupillen begrüßt. „Ich will dich ficken", sagte Selawik, und wenn er seinen Griff um Kobus Mitte nicht verstärkt hätte, wäre Kobu mit dem Gesicht voran auf ihn gefallen.

Er zitterte immer noch, als er es schaffte, genügend Speichel in seinen Mund zu bekommen, um zu fragen, „Ja?"

Selawik nickte bereits und einen Moment später war Kobu auf seinem Rücken, schaute auf die festen Nippel seine Cousins, ein Anblick, der ihm das Wasser im Mund zusammenlaufen ließ.

„Kobu?", fragte Selawik und runzelte ein wenig die Stirn.

„Oh, *ja*", sagte er, kam wieder zu sich. Er lachte. „Ich habe *dich* gefragt."

Sein älterer Cousin zuckte mit den Schultern, ein halbes Lächeln huschte über seinen Mund. „Du kannst immer noch deine Meinung ändern."

In Antwort darauf benutzte Kobu seine freie Hand, um seine Finger um Selawiks harten Schwanz zu legen. In dem kühlen Raum brannte er beinahe und Selawik wimmerte, als ob er einen Tritt in die Eier erhalten hätte, aber die Art, wie er in den Griff stieß, sagte, dass er keinen Schmerz spürte. „Ich will ihn *in mir*", versicherte Kobu ihm mit etwas Freude und sah zu, wie er schauderte, die Zähne zusammenbiss. Er hätte ihn ewig beobachten können, aber das Bild seiner ältesten Fantasien war zu verlockend, um ihm lange zu widerstehen.

Selawik

E r konnte nicht glauben, dass das passierte, dass Kobu ihn wollte und ihn *auf diese Weise* wollte. Nachdem er sich präsentiert hatte, hatte er sich einfach ... auf das konzentriert, was er haben konnte. Es war nicht so, als ob er sich nicht zu der Vorstellung, gefickt zu werden, noch nie einen heruntergeholt hätte.

Jedes Mal, wenn er nachgegeben und daran gedacht hatte, oben zu sein, hatte er sich danach seltsam leer gefühlt, das Wissen, dass es niemals geschehen würde, hatte sogar die Fantasie verdorben.

Aber das hier war keine Fantasie. Er musste vorsichtig sein. Schließlich hatte er hiermit keine Erfahrung und Kobus Körper würde sich nicht auf natürliche Weise befeuchten. Er zog bedauernd am Handgelenk seines Cousins, bis er seinen tropfenden Schwanz losließ. Er beugte sich vor, um einen sanften Kuss auf seine geteilten Lippen zu drücken, sah zu, wie die braunen Augen folgten, als er rückwärts kroch, an seinem Schlüsselbein leckte und sich ein Schaudern verdiente, an einem Nippel saugte und dann am anderen, als er nicht widerstehen konnte, sich ein weiteres abgehacktes Wimmern aus diesem perfekten Mund zu holen, und dann tauchte er seine Zunge in den Bauchnabel. Kobu wand sich und lachte, kitzlig wie eh und je und Selawik packte seine Waden und hob sie auf seine eigenen Schultern, spreizte ihn wie ein Festmahl.

Bei dieser Bewegung erstarrte Kobu, die Augen weiteten sich und sein Körper spannte sich für einen Moment an, ehe er sich wieder entspannte. Selawik folgte seinem Blick an seinem Körper nach unten, sein Bauch halb gefaltet, sein Schwanz verteilte eine dicke Linie weißer Liebestropfen, die beinahe zu verlockend war, um seinen Mund von ihr fernzuhalten und dann zu den Hoden, die sich darunter spannten. Er konnte sein Loch noch nicht sehen, aber sein eigenes zog sich vor Mitgefühl zusammen, brachte ihn dazu, die Augen wegen der frustrierenden Lust zu schließen. Vielleicht ... Aber nein, Kobu hatte darum gebeten, gefickt zu werden, und Selawik würde ihm das geben. Zumindest dieses eine Mal würden sie haben, was sie immer vom anderen gewollt hatten.

Es gab schließlich keine Garantien für die Zukunft.

„Ich muss dich vorbereiten", erklärte er, schaute nach unten und hoffte, dass er nicht ins Detail würde gehen müssen.

Zum Glück stöhnte Kobu, warf einen seiner Arme über sein Gesicht und spreizte seine Beine so weit, dass sie beinahe von seinen Schultern fielen. Selawik beeilte sich, ihn weiter anzuheben und sich selbst abzusenken, bis seine Nase gegen Kobus Eier stupste, die so weich wie Seide waren. Sein Geruch war hier am stärksten, mächtig genug, ihn zu schmecken und Selawik lief wieder das Wasser im Mund zusammen.

Es war einfach, ihn weiter anzuheben, und den linken Hoden in seinen Mund zu saugen, ihn mit seiner Zunge zu liebkosen und zu spüren, wie Kobus Muskeln unter seinem Griff an seinen Pobacken zitterten. Er ließ ihn nach einem Moment los, trank das enttäuschte Keuchen von unten, ehe er sich zwischen Kobus Backen drückte, auf der Suche nach der Stelle, wo seine Zunge wirklich gebraucht wurde. Er hatte es noch nie getan, aber es war nicht so anders, als sich tief zu küssen oder das Mark aus einem Knochen zu saugen. Der Geschmack war zunächst ein wenig seltsam, aber die flatternden Muskeln waren wie eine Massage und als Kobu anfing, Laute von sich zu geben und seine Knie zu beiden Seiten seines Kopfes zusammendrückte, war seine erste Reaktion, weiter einzudringen.

Es war die Richtige, um es milde auszudrücken.

„Selawik!" Kobus Stimme war rau, als ob er geschrien ... oder seinen Mund harter Arbeit unterworfen hätte.

Er zog sich zurück, achtete darauf, die untere Hälfte seines Cousins zu halten.

„Tu es." Seine Haare standen wild ab, als ob er an ihnen gezogen hätte, und seine Lippen waren rot von Bissen, obwohl er genügend Lärm gemacht hatte, um jegliche Beute auf Kilometer hinaus zu vertreiben.

Selawik warf einen Blick auf das glänzende Loch, nass von seinem eigenen Mund, zuckend, als ob es seine Lippen bereits vermissen würde, dann schüttelte er sich. „Noch nicht. Ich ... Ich könnte mein ..."

Kobu schaffte es, seine Augen lang genug zu öffnen, um seinem nach unten gerichteten Blick zu begegnen, aber er blinzelte ihn nur verwirrt an. „Was?"

Der Klang seines Schluckens schien um sie herum zu hallen. „Ich könnte mein Gleitgel benutzen. Ich bin ... ich bin feucht."

Kobu zuckte bei diesen Worten zusammen, legte eine Hand auf sein Gesicht und stöhnte gar nicht so leise, aber

Selawiks Aufmerksamkeit lag auf dem Klang seines Schwanzes, der feucht gegen seinen Oberschenkel klatschte. *Verdammt*, er wollte ihn wieder in sich haben, jetzt wo er sich daran erinnern würde, jetzt, wo er ihn wirklich genießen konnte und nicht ...

„Bitte." Kobus Stimme war dünn, aber voller Verzweiflung. „Benutz ... benutz es."

Selawik hatte nicht bedacht, wie es sich anfühlen würde, sich selbst zu berühren, wenn er schon so kurz davorstand und er schauderte so sehr, dass er sie beinahe beide zu Boden schickte.

Sein Cousin reagierte sofort, hielt sich an seinen Seiten fest. „So", erklärte er ihm und beugte seine Knie, bis er sich lösen konnte. Selawik starrte stumpf, bis er auf alle Viere kam. Es war nicht so, wie er es sich vorgestellt hatte, aber Kobu hatte recht, dass es so einfacher sein würde, vor allem, wenn sie nichts Dickeres als ihre Parkas hatten, um darauf zu liegen.

Selawik atmete aus und stieß zwei Finger in sich selbst, wimmerte, als er das Gleitmittel aus seinem eigenen Körper holte. Einen Moment später hörte ein Echo aus der Kehle seines Cousins, als der Geruch ihn erreichte und hob gerade rechtzeitig den Blick, um zu sehen, wie er sich nach vorne beugte, den Hintern in der Luft, während er sein Gesicht in seinen gekreuzten Armen vergrub, seine eigenen Handgelenke hielt, als er zitterte, vor Kälte oder Erregung oder beidem. Selawik hätte beinahe glauben können, dass Kobu vergessen hatte, dass er da war, wenn sich seine Hüften nicht auf diese Weise gehoben hätten, sein zuckendes Loch direkt in sein Blickfeld gebracht hätten.

„Sel ...", kam einen Moment später ein Wimmern und Selawik vergeudete keine Zeit, kroch ungelenk vorwärts, wobei er seine rechte Hand in die Luft hielt. Die linke fand ihren Platz auf Kobus linker Pobacke, der Daumen zog sie fort, damit seine zwei Finger seine eigene Feuchtigkeit über der Stelle verteilen konnten, die seine Zunge gefickt hatte. Kobus Hüften stießen sofort zurück und erwischten ihn irgendwie im richtigen Winkel, sodass seine Fingerspitzen durch den flatternden Ring aus Muskeln glitten. Kobu grunzte, zog sich um ihn herum zusammen und zitterte und Selawiks Herz setzte einen Moment aus.

„Kobu?", fragte er, mit einem Mal voller Furcht.

Aber Kobu schüttelte seinen Kopf wild genug, dass Selawik es in ihm spüren konnte. „*Mehr*", verlangte er und wölbte seinen Rücken ein wenig weiter auf, nahm selbst ein wenig mehr, ohne auf Selawik zu warten.

Selawik schnaubte, außer sich und amüsiert und so verliebt, dass es *wehtat,* und lehnte sich an ihn, zog an Kotzebues Oberschenkel, als er seine Finger langsam tiefer in die Hitze seines Körpers schob, sein eigenes Herz hämmerte in dem vertrauten Entsetzen, weil er Kobu erneut in ein verrücktes Abenteuer folgte.

Das schwere Seufzen der Zustimmung kam mit einem weiteren Spreizen von Kobus Beinen und einer reibenden Bewegung seiner Hüften, die Selawik zwang, seine Zähne zusammenzubeißen und seine Augen zu schließen, sein eigenes Gleitgel befeuchtete seine Oberschenkel, sein Schwanz wurde unmöglich hart. Dass dies geschah, hier und jetzt, mit der einen Person, die ...

Aber das tat es, Kobu bot sich selbst an oder vielleicht verlangte er alles von Selawik, genau wie er es immer getan hatte. Und Selawik konnte nichts anderes tun, als vorsichtig seine Finger herauszuziehen und ungeschickte seinen eigenen Schaft zu nehmen, um ihn an ihrer Stelle zu platzieren. Er drückte die Basis schmerzhaft, als er spürte, wie die brennende Feuchtigkeit von Kobus Loch sich der Eichel öffnete, dann kam er ohnehin beinahe auf der Stelle, als Kobu mit einem Wimmern nach hinten stieß und sein Hintern ohne Vorwarnung die Hälfte seiner Länge schluckte. *„Verdammt!"*, spuckte er aus, verschwitzt und übermäßig stimuliert und so nahe ... aber nicht nahe genug. „Bitte", schaffte er zu sagen und Kobu erstarrte unter ihm, *um ihn herum*. „Lass mich."

Er hörte, wie Kobu schluckte und spürte das Echo dieser Bewegung dort, wo sie miteinander verbunden waren. „Zieh es nicht in die Länge", verlangte er, aber er ließ zu, dass Selawik seine Hände auf seine Hüften legte und ihn ein wenig herauszog, ehe er ein bisschen weiter eindrang, kurze Stöße, aber schnell genug, um Kobus Ungeduld zu befriedigen.

Selawik war beinahe ganz in ihm, als Kobu anfing, leise zu stöhnen, kleine, abgehackte Laute, jedes Mal, wenn Selawik eindrang und scharfes Einatmen, wenn er sich zurückzog. Das bereitete ihn nicht darauf vor, als er bis zum Anschlag vordrang, der umschließende Griff des Körpers seines Cousins, die verschwitzte Hitze seiner Haut an seinen Hüften und er konnte sich nicht davon abhalten, sich vorzubeugen und seine Arme um Kobus Mitte zu legen, ihn an sich zu drücken, als wäre er die einzige Sache, die ihn an der Oberfläche hielt. Die ihn ganz sein ließ.

Sein Cousin wölbte sich in ihn, hob eine Hand an seinen eigenen Bauch, um sich an Selawik zu klammern, und ließ sie beinahe beide umfallen, bevor Selawik seine eigene Hand auf den Boden legte. Und einfach so fanden sie ihren Rhythmus wieder. In Kobu einzudringen war, als würde er der Wolf werden, sein Verstand und sein Körper waren eins in der Erfahrung, sein Selbst wurde eins, als er umarmt und besessen wurde. Jedes Mal, wenn er sich zurückzog, klammerte der Körper seines Liebhabers sich an ihn, weigerte sich, ihn gehen zu lassen und jedes Mal, wenn er zurückkehrte, wurde er sowohl von seinem Hintern als auch seiner Stimme willkommen geheißen.

Es hätte Minuten oder Jahrhunderte dauern oder niemals enden können. Es schien nicht möglich zu sein, dass er jemals wirklich gehen konnte, dass sie jemals wirklich wieder zwei eigenständige Personen werden konnten. Aber sogar starke Körper wie ihre hatten ihre Grenzen und Ekstase konnte sich nicht unendlich hinziehen. Der Forderung von Kobus Hüften folgend, erhöhte Selawik seine Geschwindigkeit, stieß nach oben, um dieses schaudernde Stöhnen zu bekommen, das die Wände und die ganze Welt zu erschüttern schien und so kam Kobu, das Gesicht in seinen eigenen Armen vergraben, seine Schulterblätter glänzten vor Schweiß, sein Hintern gespreizt, um Selawik in seinen Körper aufzunehmen, wurde aber enger mit jedem Stoß, als Lust ihn durchfuhr.

Sogar wenn er nicht in ihm gewesen wäre, wäre der Anblick allein eine exquisite Folter gewesen, bis sie ihn selbst über den Klippenrand schubste und er nach vorne zusammenbrach, immer noch ganz eingedrungen, sich mit einem Arm an Kobu festhielt, obwohl der andere zitterte von der Anstrengung, sein Gewicht zu halten.

Es war unweise und verrückt und es würde wahrscheinlich nicht andauern, aber Selawik hatte gelernt, dass er nicht gegen sein eigenes Herz kämpfen konnte.

Epilog: Selawik

„Wir müssen zurückgehen", sagte Kobu an seinem Hals. Sie waren miteinander verwoben und satt von dem Lachs, den Selawik für sie gefangen hatte, nachdem er Kobu einen Blick zugeworfen hatte, als er versucht hatte, selbst Nahrung zu fangen. Kobu hatte nicht einmal verstanden, was vor sich ging, bis Selawik ihm den Fisch gebracht und ihn selbst damit gefüttert hatte.

Als er es tat, hatte er große Augen bekommen und eine ganze Minute lang geschwiegen. „Wirklich?", hatte er gefragt.

„Wirklich", hatte Selawik versprochen. Er hatte die Geste geplant, um Kobu klarzumachen, dass er ernst nahm, was sie geteilt hatten, dass es überhaupt nicht so war wie das erste Mal, während der Hitze. Aber als Kobus Lippen sich um den Leckerbissen teilten, den Selawik für ihn gefangen und zubereitet hatte, war es zu einer Gewissheit geworden. Er war dazu bestimmt, das für Kobu zu tun, weil Kobu dazu bestimmt war, sein Gefährte zu sein.

Nur, dass niemand im Rudel es so sehen würde, sie würden denken, dass sie nur herumspielten, die würden Kobu erzählen, dass Selawik ein Omega war und dass er irgendwann einen Alpha brauchen würde. „Wir könnten ... wir könnten zu einem anderen Rudel gehen", bot er an. Es war das Einzige, was ihm einfiel.

Kobu spannte sich in seinen Armen an, lehnte sich dann zurück, um ihm in die Augen sehen zu können. „Was?"

„Ich ..." Er seufzte, zwang seine Hände, dortzubleiben, wo sie zurückgelassen worden waren. „Es tut mir leid, das ist selbstsüchtig. Ich will nur ... Ich will nur nicht, dass ihr dummes Zeug zwischen uns kommt."

„Oh." Kobus Puls hatte sich beschleunigt, als wäre er aufgebracht.

Selawiks eigener Brustkorb schmerzte, weil er wusste, dass er der Grund dafür war. Aber es stimmte. „Ich ... Ich will nicht, dass du es glaubst", versuchte er zu erklären. „Ich ... du hast mir schon einmal mit der Hitze geholfen und du kannst es wieder tun." Seine Hoffnung floss über seine Lippen, zu strahlend, um zurückgehalten zu werden, und dann machte er weiter, ungeschickt vor Verzweiflung. „Ich ... Es ist nicht so, als ob ich nicht über einen Alpha nachgedacht hätte." Kobu zuckte zusammen und er beeilte sich hinzuzufügen, „Aber keiner von ihnen ist du."

Kotzebue sagte für einen langen Moment nichts. „Ich glaube nicht, dass ich mich präsentieren werde", meinte er schließlich. Er klang traurig.

Und warum, um alles in der Welt, sollte er traurig darüber sein, er selbst zu sein? *Das* war genau die Art Mist, dem Selawik ihn nicht aussetzen wollte.

„Das musst du nicht", erklärte Selawik ihm einfach und rollte sich wieder nach vorne, klammerte sich an seine Taille, kümmerte sich nicht darum, dass es vielleicht begierig wirkte. „Ich will nur, dass du du selbst bist."

„Ein impulsives Chaos?", fragte Kobu und es war nur halb im Scherz. Natürlich konnte der Mann, der tapfer genug war, sich allem zu stellen, verletzt werden, das Geheimnis seiner Tapferkeit lag in seiner Verletzlichkeit – er war willens, den Preis zu bezahlen.

Er war willens, das Risiko einzugehen.

Nur nicht, wenn es um Selawik ging.

Selawik umfasste zärtlich seine Wange. Sogar wenn er die Tapferkeit seines Cousins bewunderte, hatte er doch auch immer das gewusst, es war unmöglich, seine Freundlichkeit nicht zu sehen, seinen Wunsch, jedem und allen zu helfen, alles in Ordnung zu bringen. „Der tapferste Mann, den ich kenne und dazu noch der klügste Wolf", verkündete er Kobu, wandte den Blick nicht von den leuchtenden Augen, bis die seines Cousins sich schlossen, als er schluckte.

Seine Arme schlossen sich fester um Selawik, als sie da lagen, in der Kälte, aber zusammen.

Epilog: Kotzebue

Die Reise zurück war viel einfacher – der Sturm war vorübergezogen und die Kälte machte ihnen in ihrem Fell nichts aus, vor allem, weil sie beide zu aufgekratzt waren, um nicht Fangen zu spielen, als ob sie wieder Welpen wären, verfingen sich in ihren Bündeln und mussten sich wieder verwandeln, um die Schnüre zu entwirren, dann machten sie herum, bis sie zu sehr zitterten, um weiterzumachen.

Schließlich kamen sie wieder nach Hause, die vertrauten Gerüche ihrer Rudelmitglieder und kochendem Essen verblasst, aber unverwechselbar. Sie hätten in ihrem Pelz bleiben und versuchen können, sich in ihre Häuser zu schleichen. Aber Selawiks Worte waren wie ein Talisman in Kobus Kopf. Sie hatten nichts zu verbergen oder sich zu schämen, und wenn ihnen Unglauben entgegengebracht wurde, dann lag das Problem im Kopf von jemand *anderem*. Niemand anderes konnte die Wahrheit in ihren Herzen so kennen, wie sie das selbst taten, niemand sonst konnte die Fäden eines Bandes spüren, das sich zwischen ihnen verfestigte.

Aber Selawik hatte recht, wenn Kobu eines gut konnte, dann war es, auf seinen Wolf zu hören.

Der Wolf war absolut zufrieden, wieder zurück in Graces Haus zu sein, aber Kobu musste so tun, als würde er nicht sehen, wie Selawik ihm einen besorgten Blick zuwarf. Er konnte nicht anders, als ein wenig nervös zu sein. Schließlich war Grace die einzige Person, die immer zu ihm gehalten hatte. Sogar als Selawik das nicht getan hatte, sogar als es vorbei und erledigt gewesen war ...

Er kam nicht dazu, zu zögern, weil die Tür aufschlug, ehe sie überhaupt den gut ausgetretenen Pfad erreichten, der zu den Stufen am Eingang führte. Grace war unglücklicherweise nicht der anmutigste aller Männer, aber er warf sich laufend vor und riss an Kobus Parka, damit er ihn schütteln konnte. „Du –" Der Fluch wurde mit einem Strahl Spucke herausgepresst, den von seinem Kinn zu wischen er zu schockiert war. Und dann entspannte sein Onkel sich an ihm, den Kopf gesenkt und ein wenig zitternd, bis Kobu reagierte und seine Arme um ihn legte.

„Es tut mir leid", murmelte er, fühlte sich wieder wie ein Kind. „Es tut mir leid, ich wusste nicht ..."

Als ob er das Zittern Lügen strafen wollte, brachte ihm das einen Schlag auf den Hinterkopf ein, hart genug, dass er gestolpert wäre, wenn Graces anderer Arm sich nicht um ihn gelegt hätte. „Du bist ein *Idiot*", wurde ihm gesagt.

Dazu konnte er nicht viel erwidern, aber er umarmte Grace, bewies mit seiner Wärme, dass es ihm gut ging und er lebendig und in Sicherheit war.

Und dann, mit einem letzten Blick voller Wut und Erleichterung, trat sein Onkel zurück. „Selawik", sagte er, seine Stimme voller Staunen. *Hatte er es bereits bemerkt?* „Du hast ihn zurückgebracht", fuhr Grace fort, öffnete dann einladend seine Arme.

Selawik fragte sich anscheinend etwas Ähnliches, aber er nickte und trat dennoch in die Umarmung, hielt den älteren

Wolf fest. „Es geht ihm gut", hörte Kobu ihn flüstern. „Es geht ihm gut."

Grace atmete scharf ein und löste sich dann langsam aus den Armen seines Cousins, seine Augen wanderten zu Kotzebue und dann zurück zu Selawik. Wenn ihre Gerüche es nicht schon offensichtlich gemacht hatten, war Kobu sich sicher, dass sein hämmerndes Herz und sein flammendes Gesicht ein todsicherer Hinweis waren. Aber nach einem Moment nickte Grace einfach nur. „Natürlich", meinte er mit einem kleinen Kopfschütteln. „Wer sonst?"

Damit wandte er sich in Richtung des Hauses. „Kommt rein, ihr braucht eine heiße Mahlzeit."

Kobu wandte sich seinem Cousin zu. Nein, *seinem Gefährten*. Es gab auf ihren Hälsen keinen Biss, aber welche Bedeutung hatte schon ein körperliches Mal im Vergleich zu der Wahrheit in ihren Seelen?

Selawik zuckte mit den Schultern, ein kleines Lächeln zog an seinen Mundwinkeln. „Es ist Grace", meinte er.

„Wir müssen es immer noch deiner Familie erzählen", gab Kobu zurück.

Aber dieses Mal war es Selawik, der tapfer war. „Nein", sagte er, nahm seine Hand und drückte sie, ehe er ihn die Stufen hinaufführte. „Wir werden es ihnen stattdessen zeigen. Sie werden es früher oder später verstehen."

Anmerkung des Autors: Die Namen der Charaktere sind aus Regionen der Arktis entliehen, die von den Stämmen dieser Gegend bewohnt werden. Ich liebe Originalnamen und westliche Namen sollten nicht immer automatisch benutzt werden. Es soll keine menschlichen Kulturen porträtieren.

Andere Bücher von N.J. Lysk

Website[1] – Mailingliste[2] – Lovely Books Profil[3] – Facebook[4] – Instagram[5]

Eigenständige Bücher:

Das Opfer des Omegas – Ein junger männlicher Omega wird von seinem verhungernden Stamm zum reichsten auf der anderen Seite des Flusses geschickt, in eine Welt und zu einem Mann, den er nicht kennt ... mit einer Mission, über die er kaum ertragen kann nachzudenken. Eine arrangierte Ehe Omegaversum Romanze.

• Das Licht der Wahrheit – Allein und gefangen in einem gefährlichen arktischen Sturm haben zwei junge Männer keine Wahl, als sich ihren Gefühlen füreinander zu stellen. A/B/O. Cousins. Werwölfe. Isolation.

• Ein Omega mit einer Mission – Omegas spenden Fürsorge und Zuwendung, sie sind keine Krieger, und Gabi kümmert sich gerne um seinen Alpha. Aber wenn er auf ein Tier in Gefahr trifft, entflammen in ihm seine

---

1. https://readerlinks.com/l/1901570

2. https://readerlinks.com/l/1936241

3. https://readerlinks.com/l/1936240

4. https://readerlinks.com/l/1936242

5. https://readerlinks.com/l/1936243

Beschützerinstinkte und niemand möchte sich einem Omega auf einer Mission in den Weg stellen. A/B/O.

• Ein ungebrochenes Band – Als Lia als Omega präsentiert, bietet ihre beste Freundin ihr alles an, was sie braucht. Aber Lia ist seit Jahren in Amira verliebt und was auch immer ihre Wölfin will, ihr Herz kann nicht nehmen, was nicht freiwillig gegeben wird. Beste Freunde zu Liebhabern. F/F. A/O/B.

• Wenn der Omega-Wolf erwacht – Die Schule ist vorbei und Cole ist bereit, eine Pause zu machen, bevor das Erwachsenenleben anfängt. Aber als sein Zeltausflug mit seinen zwei besten Freunden zu etwas viel Wilderem wird, verändert das sein Leben für immer. A/B/O. M/M/M.

• Truth Unveiled – Als Kala sich in der Arbeit outet, um ihrem biphoben Mitarbeiter eins auszuwischen, braucht sie plötzlich ein falsches Date für die Weihnachtsfeier. Ihre beste Freundin bietet sofort ihre Hilfe an, aber wie lang kommt sie mit der Scharade klar? F/F. Gestaltwandler, kein A/B/O. Eine beste Freundinnen falsches Date Kurzgeschichte.

Die Tief in der Dunkelheit Serie (N.Y. Lysk):

• Soldier On : Weitermachen – Als ein einfacher junger Mann während einer Schlacht von einem feindlichen Herrn gefangen genommen wird, wird von ihm erwartet, dass er sich seinem Entführer unterwirft, indem er ihm erlaubt, dass er sich mit ihm ein Bett teilt. Aber er ist jung genug, dass die Handlung unbeabsichtigt einen hormonellen Prozess auslöst, der ihn unumkehrbar weiblich machen könnte. Feminisierung, Schwangerschaft. Erniedrigung und Körperdysphorie.

• Auf Befehl der Götter – Prinz Hiram von Pradeira gilt nach dem Tod seines Vaters als ungeeignet, König zu werden.

Aber als direkter Nachkomme der Götter können nur die seiner Blutlinie regieren. Feminisierung, Schwangerschaft. Erniedrigung und Körperdysphorie.

• Die Mitgift seines Bruders – Tony erklärt sich damit einverstanden, seinen Bruder zu einem neuen Rudel zu begleiten. Er weiß, dass er sich dort in der Abwesenheit von Omegas den Alphas des Rudels unterwerfen muss, aber das nimmt er in Kauf, um Peter die Chance zu geben, Liebe zu finden. Aber sein Bruder ist bereits in ein Omega-Mädchen verliebt und würde alles dafür geben, um mit ihr zusammen zu sein. Sogar Tony. Dub-Con, Non-Con, Schwangerschaft, Feminisierung, Erniedrigung und Körperdysphorie.

• Nie Mehr Alpha – Junen soll der nächste Alpha seines Rudels werden ... bis er eines Tages von einem Fremden entführt wird - ein Alpha, den sein Vater einst abgelehnt hatte und der entschlossen ist, Junen zu benutzen, um es ihm heimzuzahlen. Indem er ihn zu seinem Omega macht. Non-con, Schwangerschaft, Entführung, Feminisierung, Fisting, Erniedrigung, Körperdysphorie, Gruppensex, Missbrauch.

• Bürde der Pflicht – Jetzt, da die Zwillinge volljährig sind, nimmt ihr Onkel sie unter ihre Fittiche, um sie ihre ehelichen Pflichten zu lehren. Aber diese Erfahrung wird für beide sehr unterschiedlich ausfallen. Dubcon, Feminisierung, medizinische Körperveränderung, Missbrauch, Gruppensex, arrangierte Ehe, Verrat, Inzest.

• Keine Gentlemen—Zwei Alphas (Jocks, Bullies, Training nach der Saison), stehen auf improvisiertes Bondage, Hand-über-dem-Mund beim Ficken, werden wirklich heiß bei Noncon Szenen, lieben es, zusammen zu ficken. **Nur Website.**

• Ungalant – Als sich herausstellt, dass Gerald ein Omega ist, beschließt sein Vater, ihn mit dem Mann zu vermählen, der seine rechte Hand und getreuer Gefolgsmann ist, damit die Kinder, die aus dieser Verbindung hervorgehen, die Grafschaft erben können. Doch schon bald entdeckt Gerry, dass der Plan viel finsterer ist ... **Nur Website.**

Die Sterne des Rudels:

1) Omega für das Rudel - Als sich herausstellt, dass Ray ein Omega und kein Alpha ist, ändert sich sein Leben für immer. Als männlicher Omega wird von ihm erwartet, dass er sich mit einer ausgewählten Gruppe von Alphas paart und ein eigenes Rudel gründet.

1.1) Einfacher als der Rest (ein Zwischenspiel): Sergi hat aufgehört, sich selbst zu belügen: Er schwärmt schon länger für einen Kerl. Aber es stellt sich heraus, dass sich selbst die Wahrheit einzugestehen bloß der erste Schritt auf einer langen, beschwerlichen Reise ist.

2) Alpha für das Rudel – Ray war nicht darauf vorbereitet gewesen, ein Omega zu werden, aber er hatte sich mit seinem Schicksal abgefunden ... bis es so scheint, als ob das Rudel sogar noch mehr von ihm verlangt, als er geben kann.

3) Beschützer des Rudels – Rays Alpha zu sein ist für Alec und Gabriel die oberste Priorität. Füreinander sind sie bedeutungslos. Aber vor drei Jahren ... da sahen die Dinge einst ganz anders aus.

4) Liebling des Rudels – Ein Omega ist für sein Rudel unentbehrlich. Aber ein Omega ist nur ein Mann. Und ein Mann braucht Liebe. Kann man seinen Körper teilen, ohne mit seinem Herzen das gleiche zu tun?

5) Betas Aside – Marisa zögert nie, ihrem Bruder zur Hilfe zu eilen – auch wenn er das Objekt ihres sehnlichsten Verlangens ist und sie weiß, dass sie ihn niemals ihr Eigen nennen darf. Aber vielleicht gibt es da, wo Liebe ist, doch noch einen Weg?

5.1) Um den Herd – Als Marisa vorschlägt, für Weihnachten einen Baum zu schlagen, schockiert Rays Reaktion alle. Aber es ist etwas viel Tiefgründigeres als Schwangerschaftshormone im Spiel, und Josh ist bereit, Ray dabei zu helfen, all dem auf den Grund zu gehen.

• Der Schwächste des Wurfs – Ein älterer Omega, der bereit ist, die Welt zu verändern; ein junger Alpha, der nicht an sein eigenes Potenzial glaubt; eine Liebe, die stärker ist als Distanz, Alter oder sexuelle Neigungen. A/B/O. M/M. Altersunterschied.

• Papierküsse – Abel ist nicht die Art Alpha, der einen Aufstand macht, wenn sein Omega-Ex mit jemand anderem zusammenkommt, aber er ist dennoch einsam genug, um den Lehrer ihres Kindes zu besuchen und sich bei ihm über die Zeitverschwendung, den Valentinstag zu feiern, zu beschweren. Er erwartet nicht, viel mehr zu finden als nur Papierherzen. M/M. Mensch/Werwolf. Süß.

Gebrochene Regeln:

• Risse im Eis – Hockey ist für sie beide das Wichtigste... Bis sie aufeinandertreffen. Eine Alpha/Omega Hockey-Romanze.

• Not Destiny – Thomas und Uriel waren nie dafür bestimmt, zusammen zu sein. Aber können sie dem Schicksal trotzen, wenn sie sich dennoch füreinander entscheiden? Eine Alpha/Beta Romanze.

• A Unique Perspective – Yadriel sieht nicht wie ein Omega aus, aber in den Augen eines sehr interessierten Beta-Fotografen, ist da vielleicht viel mehr an ihm als nur seine Größe. Eine Beta/Omega BDSM Romanze.

Verflochtene Schicksale Serie:

• Für immer sein (Wahrhaftig Sein) – Als Shane während des Vollmonds unerwartet als Omega präsentiert, tritt sein Zwillingsbruder für ihn ein, um ihn vor den Alphas zu schützen, die ihn für sich beanspruchen wollen... Aber auch Tim ist ein Alpha. A/B/O. Dubcon. M/M. Twincest, Happy End.

• Für immer mein - Stell dir vor, es gibt nur einen Menschen auf der Welt, den du nicht haben kannst ... und der ist dein Seelenverwandter. A/B/O. M/M. Twincest. Tims Geschichte.

• Stärker als der Instinkt: Als sich sein Zwillingsbruder als Omega präsentiert, geht für Michuá die Welt unter. In gewisser Weise scheint es die einzige Möglichkeit, zusammen zu bleiben, als er selbst ein Omega wird ... Aber Zybyns neuer Alpha will viel mehr, als sich die Brüder erhofft haben, und auf der Reise in ein fremdes Land kann ihn nichts davon abhalten, es sich zu nehmen. Noncon, Missbrauch, Twincest, Happy End.

• The Realm of the Impossible (English only) – Die Königin ist tot und Lorax ist bereit, seinen rechtmäßigen Platz einzunehmen, wenn ein unerwarteter Verrat ihm keine andere Wahl lässt, als seinen Thron aufzugeben oder seine einzige verbliebene Familie zu verlieren. Konfrontiert mit dieser unerträglichen Entscheidung kann Lorax entweder dabei zusehen, wie die neue Königin sein Land in einen Krieg führt, der es zerstören wird, oder die einzige Schwäche seines Feindes ausnutzen: Sich selbst. Eine verbotene M/M Royal Romance.

• Entwined: a love story - Die Thorne-Drillinge sind fast bereit, auf die Universität zu gehen, aber sie können sich ein Leben ohne einander nicht vorstellen. Bis ein Kuss zu einem Verrat wird, von dem keiner von ihnen weiß, wie er wieder gutgemacht werden kann.

Die Werwölfe von Windermere:

1) The Mating Habits of Werewolves (Das Paarungsverhalten von Werwölfen) – Devlin ist ein Omega mit Zielen, die nichts mit Alphas zu tun haben, aber wenn das Schicksal ruft, könnte es sein, dass ihm nicht wirklich eine Wahl bleibt. A/B/O.

2) Alphas Allein – Ein Alphawerwolf hat einige Pflichten, die er nicht ignorieren kann: einen Omega finden, sein Rudel beschützen und sich nicht in einen anderen Alpha verlieben.

3) Die Erziehungsmethoden von Werwölfen – Da sie zusammen Kinder haben, wissen Devlin, Naveen und Rami, dass ihre Schicksale verflochten sind, aber können sie ein Gleichgewicht finden, das über Häuslichkeit hinausgeht? Und können sie eine Liebe aufbauen, die dauert? Der Abschluss der M/M/M MPreg Romanze.

Bilinguale Ausgaben:

Bilinguale Ausgaben meiner Bücher (eBuch und Paperback) gibt es auf Englisch in Kombination mit Deutsch/Französisch/Portugiesisch/Spanisch/Italienisch.

Sowie alle diese Sprachen miteinander kombiniert. Hier könnt Ihr die Kollektion ansehen und auch die Bücher anderer Autoren finden.[6]

---

6.   https://readerlinks.com/l/956772

Anthologien (English):

- **Fighting Chances:** Von Feinden zu Liebenden – Eine Charity Anthology.
- **Her Wild Soulmate:** F/F Gestaltenwandler-Romanze - Eine Charity Anthology.
- **His Animal Instinct:** M/M Gestaltenwandler-Romanze – Eine Charity Anthology.
- **Unchained Desires:** Eine BDSM Anthology.
- **Unspeakable Desires:** Eine Tabu Anthology.

Um eine E-Mail zu erhalten, wenn eine deutsche Übersetzung verfügbar ist, klicken Sie hier.[7]